KB056571

청자가 사라졌다

청자가

류재민 장편소설

사라졌다

강진에 가기로 했다. 남해 끝자락에 박힌 그 땅은 진즉에
갔어야 했다. 동으로 장흥, 서로 해남, 북으로 영암이 에워
싼 땅. 남쪽 다도해에는 완도의 여러 섬이 흩어져 있는 땅.
강진은 내가 사는 곳으로부터 꽤 멀리 떨어져 있다. 차를 몰
고는 서해안고속도로를 타고 아무리 빨리 달려도 3시간이
넘는다.

버스로는 더 멀다. KTX 광주송정역에서 내려 광주로 가
서 거기서 또 시외버스를 타고 가면 동선에 따라 길게는 강
진 버스여객터미널까지 7시간 가까이 걸린다. 갈 엄두를 내
지 못한 첫 번째 이유는 그 때문이었으리라. 그래도 가야 했
다. 더는 미룰 수 없었기에. 만나야 할 누가 거기 있었던가?
아니면 오래도록 마음에 품었던 여행? 그것도 아니면 무엇
때문이었을까. 오래도록 마음에 품었던, 만나고 싶은 누군
가를 보고 싶은 마음으로 떠난, 여행 같은 발길이었다.

KTX를 타고 광주송정역에 내렸다. 역 근처에서 렌터카
를 타고 이동했다. 자동차를 타고서도 강진까진 1시간 남짓

걸렸다. 백 팩과 캐리어를 뒷좌석에 싣고 홀가분한, 그러나 마음은 오래도록 마음에 품었던 여인을 만나러 가는 양 설레고, 떨리고, 긴장됐다. 여행을 떠나는 부류는 다양하다. 누군가는 아무 생각 없이 즐기러 간다. 의미도 없고, 목적도 없다. 또 누군가는 뜻하지 않은 머리를 비우고, 마음을 정리하러 간다. 어느 정도 목적은 있다. 다른 누군가는 구체적인 계획을 세우고, 목표한 바를 이루기 위해 간다. 내 이번 여행은 그중 마지막에 해당한다. 나에게는 강진에 가야 할 분명한 이유가 있었다.

강진은 이 소설의 주 무대이다. 나는 태어나서 강진에 가본 적이 없었다. 그래 놓고 강진을 배경으로 글을 쓰다니. 그건 작가로서 예의도, 염치도, 자격도 없는 처사였다. 아무리 소설이고, 초고라 할지언정. 그 예의 없음과 염치없음과 자격 없음을 떨쳐내려고 나선 길이, 강진 行이었다.

이틀을 머물며 소설에 등장하는 장소를 찾아다녔다. 초고를 다듬고, 보강할 요량이었다. 고려청자 박물관을 시작으로 가우도와 백련사, 다산초당을 긴 호흡으로 돌았다. 길은 멀었으나, 오길 잘했다는 마음으로 퇴고를 마쳤다. 작품 속 '마강진'이란 이름도 강진에서 정했다. 이 순간에도 강진만의 물결은 때로는 잔잔하게, 때로는 매섭게, 때로는 무심하게 흐르고 있을 터. 나는 그곳에서 내 글쓰기의 이유를 배우고 왔다. 여행에서 돌아와 여러 출판사에 원고를 보냈지만, 이메일만 몇 곳에서 왔다. 원고를 책으로 만들기 어렵다는 '정중한 거절'을 담은.

2023년을 이틀 남긴 연말, 한 통의 전화가 걸려 왔다. 글이 재밌다며. 책으로 내보자는. 부족한 작가와 글을 묻지도 따지지도 않고 믿어준 푸른문학 출판사 김왕기 대표님과 관계자 분께도 감사 인사를 올린다. 첫 소설을 기꺼이 읽어준 독자 여러분께도 고마움을 전하며, 모두의 행복과 건강을 기원한다.

2024년 3월
류재민

2부 반전

3부 달과 별

1부
먹장구름

장마

 늦여름이었다. 한겨레는 구내 기자 식당에서 늦은 점심을 먹고 있었다. 식당 안에서 수런거리는 소리에 아랑곳없이 미역국에 밥을 말아 깍두기를 한 조각 얹었다. 오늘은 그의 서른여섯 번째 생일. 같이 사는 식구가 없다 보니 생일 아침 미역국 따위는 기대하지 않았다. 그조차 직접 국을 끓여 먹을 마음의 여유도 없었으니.

 그는 두 달 전부터 대통령실로 출입했다. 기자 생활 6년 만에 국가 최고 권력기관을 출입하게 된 것이다. 출입처를 옮기면서 일은 산더미처럼 쌓였다. 원체 경비가 삼엄한 곳이어서 취재가 쉽지도 않았다. 취재원을 만나는 건 '하늘의 별 따기'였다. 기껏해야 브리핑할 때 잠깐씩 내려오는 홍보수석과 대변인 정도가 전부였다. 그래서 대통령실을 오래 출입한 선배들을 졸졸 따라다니기로 했다. 밥을 같이 먹거나 술을 한잔하거나, 차를 마시며 나누는 수다에 정보 하나 건질 수 있으려나 하는 마음에.

 그동안 출입했던 시청과는 반대 방향이었고, 용산 근처로 이사해야 하나 고민했다. 하지만 대통령실을 출입하자마자 할 일은 불어나 이사를 생각할 겨를은 없었다. 털털하고 수더분한 성격에 적응은 걱정하지 않았지만, 제한된 취재 환경은 정신을 산란하게 만들었다.

사실 겨레는 오늘이 자신의 생일이라는 것도 알지 못했다. 어느 안경원에서 온 생일 축하 문자메시지를 확인하고야 '생일이구나' 했다. 몇 해 전 렌즈를 사러 찾은 안경원에서 적었던 개인정보가 본인도 모르는 탄생일을 알려준 것이다. 공교롭게도 구내식당 메뉴도 미역국이었으니, 겨레는 씁쓸하게 웃으면서 떠먹을 따름이었다. 그는 조용히 혼잣말했다.

"그래, 누구라도 챙겨주면 된 거지!"

그사이 조선일 부장이 식판을 들고 와 맞은 편에 앉았다. 조 부장은 겨레보다 나이가 일곱 살 많았다. 사십 대 중반에 접어든 그의 이마에는 잔주름이 자글자글했고, 흰머리가 듬성듬성 내려앉았다. 눈에 거슬릴 정도까진 아니지만, 배도 조금 나와 있었다.

"식사가 늦었네?"

"네, 어쩌다 보니…."

"일은 어때. 할 만해?"

"아직도 뭘 어떻게 해야 할지 모르겠네요."

"그렇겠지. 나도 자네처럼 여기 처음 출입했을 때 그랬었지. 대통령이 기자회견이 자주 있는 것도 아니고, 아는 사람도 없고, 어디서 정보를 얻어야 하나 난감했지."

"아무리 대통령실이라고 그렇지, 이렇게까지 폐쇄적일 줄은 몰랐습니다."

"언론이랑 부딪치기 싫다는 거지. 괜히 삐딱한 기사 몇 줄 나가면 여론이 나빠지지, 지지율 떨어지지, 책임은 죄다 정부와 정권으로 돌리기 일쑤니까."

"…… 그래도 그렇지."

겨레는 오래된 우물 같은 깊은 한숨을 내쉬며 먹던 밥을 마저 먹었다. 식사를 마친 두 사람은 식당 맞은편 매점에서 아이스 아메리카노를 하나씩 손에 들고 청사 밖으로 나왔다. 점심 식사를 마친 뒤 전쟁기념관 둘레길을 걷는 건 겨레만의 루틴이었다.

"생일 기념으로 오늘은 나랑 같이 걷자."

식사 도중에 겨레가 생일이란 걸 들은 조 부장이 따라나섰다.

전쟁기념관 앞, 호숫가를 지날 때였다. 한 무리 유치원생들이 비닐봉지에서 강냉이를 꺼내 물고기 밥을 주고 있었다. 물속 비단잉어들은 고사리손으로 던져주는 아이들 강냉이를 받아먹으려 기를 쓰고 대들었다. 그리곤 연신 입을 뻐금거렸다. 아이들은 그런 잉어 떼가 재밌고 신기하다는 듯 손에 쥔 강냉이를 이곳저곳에 던졌다. 잉어 밥을 주는 무리 맞은 편에는 소풍 나온 초등학생들로 복작거렸다. 그들은 나무 그늘 밑에 옹기종기 자리 잡고 있었다. 조 부장은 참새 떼처럼 재잘거리는 아이들 수다가 마냥 즐거웠다. 겨레는 그런 조 부장을 힐끗 보며 한마디 했다.

"조심하세요. 잘못하다 빨대가 코로 들어가겠어요. 하하하."

조 부장은 '아빠 미소'를 한 채 대꾸했다.

"아이고, 후배님. 설마 그럴 리가 있겠습니까. 우리 집 애들 보는 것 같아서 그렇다고. 아침에 보고 나왔는데, 쟤들 보니까 벌써 보고 싶어지네. 급식은 잘 챙겨 먹었나 모르겠고…."

"어휴, 그게 총각 앞에서 할 소립니까. 자식 없는 놈은 어디 서러워서 살겠나."

겨레 입이 삐죽 올라갔다. 그러더니 한국전쟁 당시 참전했던 참수리호와 수송기, 미그기 전시장 쪽으로 씩씩거리며 나갔다.

"이봐, 한 기자. 삐쳤어? 거참, 무슨 말을 못 하겠네. 미안, 미안. 내가 잘못했네. 같이 가."

조 부장은 들고 있던 커피를 조심스럽게 잡고 뛰듯이 걸었다. 겨레는 저만치 앞에 있는 무궁화 꽃길에서 얼굴을 찡그린 채 그를 기다렸다. 둘은 어린이박물관 뒤편에 있는 쉼터로 들어가 벤치에 앉았다. 그러고는 약속이라도 한 듯 주머니에서 담배를 꺼냈다.

"요즘, 자기네 회사 분위기 좀 어때? 우리는 아주 기자들 못 잡아먹어 안달이야."

"뭐, 거기나 우리나 별 차이 있겠어요. 저희 국장도 저 볼 때마다 만날 특종 타령입니다. 아니, 선배도 알다시피 대통령실에서 나올만한 특종이 어딨습니까. 보안이 어쩌고저쩌고하는 통에 어딜 맘대로 출입할 수가 있나. 그렇다고 수석이나 비서관들이 연락을 제대로 받나. 특종이란 녀석이 '나 여기 있소'하고 제 발로 찾아오는 것도 아니고…."

겨레 말을 듣고 있던 조 부장은 한숨을 길게 내쉬었다. 한숨과 함께 담배 연기가 길게 따라 나오다 표표히 흩어졌다.

"그러게. 젠장 더러워서 이 짓거리도 때려치우든가 해야지, 원."

조 부장 하소연에 겨레가 대꾸했다.

"때려치우면 갈 데는 있고요? 눈앞에 어른거리는 여우 같은 마나님이랑 토끼 같은 새끼들 어떻게 하라고요? 참으십시오."

"아니, 한 기자. 이렇게 복수하기야?"

조 부장은 겨레를 놀린 대가를 톡톡히 치렀다. 그때였다. 겨레의 핸드폰이 울렸다.

"누구? 데스크?"

"아뇨, 발신자 제한 번호인데요?"

"그거 그냥 스팸이나 보이스피싱 아냐? 괜히 받았다가 낭패 보지 말고 받지 마."

겨레는 통화 종료 버튼을 누르려다 뭔가 묘한 느낌이 들었다. 기자의 '촉'이라고 할까. 겨레는 통화 버튼을 지그시 눌렀다.

"한겨레입니다."

수화기 너머에서는 잠시 정적이 흘렀다.

"여보세요? 한겨렙니다. 누구시죠?"

조 부장은 겨레 쪽으로 몸을 기울여 귀를 쫑긋 세웠다. 몇 초가 흘렀을까. 수화기 너머 발신자는 침묵을 깨고 입을 열었다.

"저…, 지구일보 한 기자님 맞으시죠?"

"네. 그렇습니다만, 누구시죠?"

목소리 주인공은 자신이 누구인지 밝히지 않았다. 대신 다음 말로 대화를 이어갔다.

"익명을 전제로 제보를 드릴까 해서 연락드렸습니다."

통화를 엿듣고 있던 조 부장이 겨레를 향해 낮은 목소리로 "제보?"라고 속삭였다. 겨레는 손가락을 입에 대고 조용히 하라는 신호를 보냈다.

"좋습니다. 취재원 보호 차원에서 선생님이 누구신지는 여쭙지 않겠습니다. 자, 그럼 그 제보라는 게 뭔지 말씀해 주시죠."

익명의 제보자는 중저음의 목소리로 짧게 말했다.

"국가 기밀 사항이라 전화상으로 말씀드리기는 곤란합니다. 조용히 뵐 수 있을까요?"

'국가 기밀 사항'이라는 말에 겨레는 짐짓 놀랐다. 조 부장의 눈도 동그래졌다.

"편한 시간과 장소를 말씀해 주시죠. 그럼 제가 그쪽으로 가겠습니다."

겨레가 말을 마치기 무섭게 통화는 끊어졌다. 그리고 잠시 뒤 한 통의 문자메시지가 왔다.

'내일 오전 11시. 서울역 광장 건너편 서울스퀘어 커피

숍.'

이번에도 발신자 번호는 알 수 없었다. 두 사람은 피우던 담배를 끄고 자리에서 벌떡 일어섰다.

"한 기자, 어떻게 할 거야? 갈 거야?"

"만날 장소와 시간까지 정해서 보냈는데 안 갈 수가 있나요. 게다가 국가 기밀 사항이라잖아요. 이거, 서프라이즈 생일선물 받은 기분인데요."

겨레는 잔뜩 기분이 들떠 있었다. 반대로 조 부장은 섬뜩했다. 익명의 제보자에게서 불길한 기운 같은 게 느껴졌기 때문이다.

"내일 저랑 같이 가실래요? 아무래도 같이 가서 선배님 조언도 듣는 게 어떨까 싶은데요, 괜찮으시겠어요?"

조 부장은 빙그레 웃으며 말했다.

"아니, 그럼 혼자서만 특종 하려고 했어?"

겨레는 조 부장 농담이 재미없다는 듯 인상을 썼다.

"선배님, 저 장난 아니에요. 저만 특종 할 생각은 1도 없어요. 단지, 그 제보자라는 사람이 왠지 께름칙해서 그래요."

"그래 맞아. 혹시 알아? 제보를 미끼로 접근해서 해코지하려는 수작인지?"

그 역시 겨레의 말을 가볍게 들을 수만은 없었다. 20년 기자 생활 이래 이런 제보는 처음이었기 때문이다. 조 부장은 갑자기 등골이 서늘해졌다.

"한 기자, 약속 지켜. 혼자 특종 하기 없기다!"

겨레는 어이가 없다는 듯 고개를 절레절레 흔들었다. 두 사람은 어느새 삼각지파출소를 지나고 있었다. 출발 지점인 전쟁기념관 건물이 눈에 들어왔다. 종알거리던 유치원생과 초등학생들은 그새 어디론가 떠나고 없었다. 잉어 떼는 물속에서 유유히 헤엄치고 있었다.

두 사람은 대통령실로 향하는 횡단보도 앞에서 보행신호를 기다렸다. 길 위에는 마이크를 들고 목청껏 떠드는 1인 시위자와 앰프를 시끄럽게 켜고 집회를 벌이는 단체, 억울한 사연을 전하는 70대 노파의 확성기 소음이 한데 섞여 난장을 치고 있었다.

날은 잔뜩 찌푸렸다. 먹장구름이 북서풍을 타고 몰려오고 있었다. 용산역에서 삼각지역으로, 다시 전쟁기념관에서 국방부 건물을 지나 대통령실로, 물밀듯 밀려왔다. 하늘은 컴컴해져 금방이라도 장대비가 쏟아질 태세였다.

"한바탕 퍼부을 기세군요."

하늘을 쳐다보던 겨레가 어두운 표정으로 말했다. 조 부

장은 전자담배를 입에 물고 새까맣게 몰려드는 구름을 걱정
어린 눈으로 올려봤다. 장마가 시작됐다.

*

그해 장마는 기상관측 이래 가장 오랜 기간 이어졌다. 연
일 역대 일일 강수량을 갈아치웠다. 100년 만의 기록적인
폭우에 전국 곳곳에서 인명과 재산 피해가 잇따랐다. 서울
의 한 주택 반지하에서는 일가족 3명이 참변을 당했다. 갑
자기 불어난 빗물이 집안에 들이닥쳤는데, 장애가 있어 거
동이 불편한 이들은 미처 빠져나오지 못했다.

남해의 한 마을에서는 농경지가 유실되고, 비닐하우스 수
십 동이 침수됐다. 충청도에서는 소와 닭, 돼지를 비롯해 가
축 수만 마리가 폐사했다. 집중호우로 인한 정전에 전철이
멈췄고, 열차가 탈선했다. 대통령은 긴급 대책 회의를 소집
하고 '총력 대응'을 지시했다.

정부는 국무총리 주재로 긴급상황 회의를 열어 관계 기관
대책과 피해 현황, 지원 필요사항 등을 논의했다. 수일째 비
상 체제를 가동 중인 중앙재난안전대책본부를 2단계에서 3
단계로 격상했고, 풍수해 위기 경보는 '경계'에서 '심각'으로

상향했다.

장마는 영영 끝나지 않을 것처럼 비구름을 몰고 다녔다. 이쪽에서 저쪽으로, 저쪽에서 이쪽으로. 하늘에 구멍이 뚫린 듯 한반도 전역에 '물 폭탄'이 쏟아졌다. 엎친 데 덮친 격으로 A급 태풍이 북상했다. 천지간이 대낮에도 암흑천지였다. 뉴스에는 종일 피해 상황과 대피 요령을 알리는 재난 방송이 이어졌다. 사람들이 산사태에 매몰돼 죽고, 지하차도 차 안에 고립돼 죽고, 급류에 휩쓸려 실종됐다. 댐이 넘치고 철도가 끊겼다. 실로 아비규환阿鼻叫喚이 따로 없었다. 2주일 뒤, 중대본은 장마 기간 집중호우와 태풍으로 인한 인명 피해 결과를 발표했다. 무려 200명이 넘는 사상자를 낸 지독한 장마는 그렇게 끝났다.

긴 장마가 끝나자마자 살이 녹아내릴 듯한 폭염이 찾아왔다. 찜통더위가 기승을 부렸고, 열대야에 잠 못 이루는 나날이 계속됐다. 대구와 울산에서는 온열질환 사망자가 잇따랐다. 하이킹을 하던 50대 직장인이 의식을 잃었고, 자전거를 타고 가던 60대가 쓰러졌으며, 밭일을 하던 80대 노파가 정신을 잃었다.

남쪽에서는 저수지 바닥이 거북 등처럼 쩍쩍 갈라졌고, 물을 대지 못한 논에는 벼의 길이가 한 뼘이 채 자라지 못했다. 이번에도 대통령은 긴급 비상 회의를 소집했고, 다시 '총력 대응'을 지시했다. 장마와 무더위가 번갈아 가며 변덕스러운 날씨는 성별과 세대, 내륙과 해안을 가리지 않고 악귀처럼 파고들었다.

사람들은 습한 공기에 지쳐갔다. 불쾌 지수가 치솟았다. 사소한 일에도 신경질과 짜증을 부리다 금세 시비가 붙었다. 드잡이에 주먹이 오갔다. 경찰서에는 하루에도 수십 건씩 폭행 사건이 접수됐다. '묻지 마' 식 칼부림도 이어졌다. 무고한 사람들이 영문도 모른 채 흉기에 찔리고 목숨을 잃었다. 사람을 죽이겠다는 '살인 예고 글'이 이어지며 공포가 확산했다. 그렇게 장마와 폭염이 물러갈 즈음, 대통령실이 발칵 뒤집히는 사건이 일어났다. 이름하여 '고려청자 도난 사건'이었다.

고려청자 도난 사건

김삼수 경호실장은 대통령 보고를 마치고 막 나오던 참이었다. 집무실에 들어가기 전 꺼둔 핸드폰 전원을 켰다. 기다렸다는 듯이 전화와 문자메시지 수십 통이 한참 진동음을 냈다. 스팸 문자부터 국회 여당 원내대표 비서실장의 식사 약속, 대학 후배의 안부 메시지, 병원 진료 예약 공지, 수학여행 간 딸이 보낸 카톡 사진까지 다양했다. 그중 부재중 통화에 시선이 쏠렸다. 이상원 경호 차장이 두 번 전화했고, '긴급! 비상 상황'이라는 문자를 남겼다.

불길한 예감이 칼날처럼 머리를 스쳤다. 짧게 자른 머리가 곤두섰다. 김 실장은 서둘러 이상원 차장에게 전화를 걸었다. 통화 중이었다. 서서히 몸이 달아오르기 시작했다. 복도를 지나 계단을 내려오는 발걸음이 빨라졌다. 어느새 그는 뛰고 있었다. 심장도 덩달아 뛰었다. 입에선 거친 숨소리가 새어 나왔고, 식은땀이 등줄기를 타고 흘러내렸다. 3층에 불과한 거리를 30층은 내려온 듯했다. 그의 이마에는 땀이 흥건했다.

김 실장이 자신의 사무실 앞에 다다랐을 때, 안절부절못하고 있는 이 차장 모습이 보였다. 좌우로 경호 본부장과 경비본부장, 안전본부장, 경호지원단장이 잔뜩 긴장한 표정으로 김 실장을 맞았다. 뭔가 일이 터진 걸 직감한 그는 참모들을 데리고 사무실로 들어갔다.

사무실 문을 열자, 눅눅했던 실내 공기가 바깥으로 밀려 나왔다. 무거운 공기를 헤집고 들어간 일행은 간이 회의실로 들어갔다. 최지훈 기획관리실장이 재빨리 프레젠테이션을 준비했다. 의자에 앉은 경호실 수뇌부 눈이 모두 스크린으로 향했다. 최 실장은 준비한 자료를 화면에 띄웠다. 화면에는 푸른 빛이 감도는 청자 한 점이 고고한 자태를 뽐내며 위용을 드러냈다.

"지금부터 긴급상황 보고를 드리겠습니다."

최 실장의 동작은 다급했고, 목소리는 심하게 떨렸다. 하지만 그는 이내 평정심을 되찾은 듯 상황 보고를 시작했다.

"지하 수장고에 보관 중이던 고려청자가 사라졌습니다. 아니, 정확히 말씀드리면 도난당했습니다. 시각은 지난 6일 오전 11시 30분부터 1시간 전후로 추정되고 있습니다."

김 실장은 더는 들을 필요가 없다는 듯 묻기 시작했다.

"수장고라면 경호원들이 항시 대기 중이고, 지문인식을

해야 들어갈 수 있어. 게다가 CCTV까지 작동 중인데 누가 그런 짓을 할 수 있지?"

최 실장은 더듬거리며 대답했다.

"무슨 영문인지 경호원도 없었고, 그 시간에는 CCTV도 작동하지 않았습니다."

이상원 차장이 책상을 '쾅'하고 내리쳤다.

"당신들 뭐 하는 사람들이야. 청자가 털리고 있는데, 대통령실 경호원들이란 놈들은 뭘 하고 있었냐는 말이야."

경호실 이인자의 호통은 둔탁하면서 묵직했다. 잘 벼린 칼처럼 날이 잔뜩 서 있었다. 본부장들은 고개를 숙인 채 아무런 대꾸도 하지 못했다. 그저 무거운 공기를 온몸으로 받아들일 뿐. 김 실장이 침통한 분위기를 깨고 말했다.

"청사 안에 유령이 있는 것도 아니고……. 내부 소행일 가능성이 커. CCTV를 피해 수장고 안에 들어갈 정도라면 필시 경호실 직원 중에 누군가 범행을 주도했거나, 조력했을 수도 있겠지."

이 차장이 김 실장의 말을 받았다.

"그런데, 왜 하필 고려청자를 노릴 걸까요? 금방 걸릴 게 뻔하고, 가져다 팔지도 못할 텐데."

최 실장이 대답했다.

"두 달 뒤 일본 총리가 서울에 옵니다. 일본 총리에게 선물할 목록에 청자가 들어있었습니다."

김 실장은 갑자기 뒤통수를 세게 얻어맞은 기분이 들었다. 그리고 직감했다.

'아뿔싸! 쉽게 해결할 문제가 아니구나'

최 실장이 보고를 이어갔다.

"한일 정상회담에서 일본 총리에게 청자를 선물할 거란 사실을 아는 곳은 대통령 비서실과 국정원, 그리고 경호실만 알고 있는 일급비밀입니다. 따라서 세 곳 중 한 곳에 용의자가 있을 걸로 짐작됩니다."

김 실장은 낮고 길게 한숨을 쉬었다. 어떻게든 정상회담이 열리기 전에 청자를 찾아내야 했다. 청자의 도난 사실이 외부에 알려지지 않도록 보안도 유지해야 했다. 김 실장은 참모진에게 두 가지 사항을 지시한 뒤 내부적으로 용의자 파악을 지시했다. 최대한 빨리, 그리고 은밀하게.

*

거래와 조 부장이 서울스퀘어 커피숍에 도착한 건 다음 날 오전 10시 30분이었다. 약속 시간보다 30분 전 도착한 건, 주변 분위기를 살피기 위함이었다. 커피숍은 오전 10시부터 영업을 시작했는데, 내부는 이미 북적거렸다. 조 부장이 창가 쪽에 자리를 맡는 사이, 겨레는 커피를 주문했다. 이윽고 두 사람은 전날 연락한 제보자가 나타나기를 기다렸다. 시간은 얼추 11시가 다 돼 갔다. 커피숍 안에는 잔나비 노래가 흘러나오고 있었다.

'어디든 달려가야 해~ 헤드라이트 도시를 넘어 뒷자리엔 부푼 꿈을 숨겨주던 그녀의 젊은 자동차'

겨레와 조 부장은 긴장한 내색을 감추려고 애쓰는 듯했다. 경직된 자세로 의자에 바로 앉아 멀뚱멀뚱 창밖에 지나가는 자동차를 응시하고 있었다.

"드르르륵~~~."

둘은 테이블 위에 놓인 진동벨 소리에 소스라치듯 놀랐다. 겨레가 일어나 주문대에서 아이스라테 두 잔을 양손에 들고 왔다.

"시간 다 됐는데, 왜 안 오는 거야."

조 부장은 겨레가 가져온 커피를 받아 들며 초조하게 말했다. 겨레는 차가 막힐 수도 있으니 조금만 기다려보자며 그를 달랬다. 하지만 겨레의 표정에도 초조한 기색이 역력했다. 그렇게 얼마의 시간이 흘렀다. 약속 시간보다 10분이 지났지만, 제보자는 나타나지 않았다.

"아, 뭐야. 늦으면 늦는다고 연락을 주던가. 원 참."

겨레는 시간이 갈수록 다급해졌다.

"그나저나 오기는 올까요? 괜히 허탕만 치는 건 아닌지 모르겠네."

겨레는 커피를 한 모금 마시며 창밖을 내다봤다. 그렇게 5분쯤 더 흘렀을 때, 그의 핸드폰이 울렸다. 발신자 정보 제한 표시였다. 두 사람은 제보자임을 직감했다. 겨레는 통화 버튼을 눌렀고, 그들이 예상은 맞았다. 전화를 건 이는 제보자였다.

"한 기자님, 죄송합니다. 제가 피치 못할 사정이 생겨 오늘 약속 장소에 나가지 못할 것 같습니다. 정말 죄송합니다."

제보자의 말을 들은 겨레는 화가 치밀었다.

"아니, 지금 저랑 장난하는 겁니까. 국가 기밀이니 뭐니 하면서 만나자고 할 땐 언제고, 지금 와서 못 나온다니. 이게 말이요, 막걸리요?"

제보자는 잠시 뜸을 들인 뒤 겨레에게 말했다.

"만나진 못해도, 제보는 하겠습니다."

"네? 그건 또 무슨 말입니까. 무슨 제보를 어떻게 한다는 겁니까?"

겨레가 말을 마치자마자 전화는 뚝 끊어졌다. 옆에서 듣고 있던 조 부장은 무슨 영문인지 모르겠다는 듯 고개를 갸웃했다. 곧바로 겨레에게 제보자가 보낸 문자메시지 한 통이 왔다.

〈서울역 물품 보관소 542번 보관함. 비번 0022〉

문자메시지를 확인한 두 사람은 귀신에 홀린 듯 멍하니 서로를 바라봤다. 그리고 자리에서 일어나 커피숍을 빠져나왔다. 두 사람은 버스환승센터를 지나 맞은 편에 있는 서울역으로 이동했다.

서울역 광장은 평소보다 한산했다. 서울역에 들어선 겨레는 두리번거리며 물품 보관소를 찾았다. 그리곤 '542'라는 숫자가 적힌 보관함 앞에서 제보자가 알려준 비밀번호를 눌렀다. 불이 깜박이더니 문이 열렸다. 안에는 서류 봉투 하나가 들어 있었다. 겨레는 조심스럽게 봉투를 꺼냈다. 조 부장은 주변을 살폈다. 감시나 미행하는 사람이 있을까 싶었다.

"선배님, 혹시 모르니까 자연스럽게 행동해요. 일단 서류는 가방에 넣고 움직입시다."

"오케이. 천천히 나가자고."

겨레는 가방을 열어 서류 봉투를 집어넣었다. 열차 출발과 도착을 알리는 안내방송이 나왔고, 기차에서 내렸거나 차를 타려는 사람들로 혼잡했다. 겨레와 조 부장은 인파에 섞여 그곳을 빠져나갔다.

역 광장 계단을 내려오자마자 비둘기 떼가 푸드덕거리며 날았다. 그중 한 마리가 겨레에게 달려들었다. 겨레는 황급히 고개를 홱 돌렸다. 비둘기는 그의 눈앞에서 방향을 바꿔 공중으로 날아올랐다. 겨레는 놀란 나머지 자리에 주저앉았고, 조 부장이 괜찮냐며 다가와 몸을 일으켰다.

"이제, 어떻게 하지? 조용한 데 가서 열어봐야 할 텐데. 어디가 좋을까?"

겨레는 손가락으로 전철역을 가리켰다.

"제 숙소로 가요. 당장 떠오르는 곳이 거기밖에 없네요."

시청역에서 내린 두 사람은 광화문이 멀리 보이는 중국 음식점으로 들어갔다. 겨레는 짬뽕, 조 부장은 짜장을 시켰고, 고량주도 한 병 주문했다. 독주毒酒라도 한잔 들어가야 놀란 가슴이 진정될 것 같았다. 겨레는 먼저 나온 고량주 뚜경을 따서 조 부장의 잔에 따랐다. 조 부장은 목이 탔는지, 속이 탔는지, 잔에 담긴 맑은 술을 단숨에 털어 넣었다.

식도를 타고 넘어가는 독주에 속이 찌르르했다. 그래도 술이 들어가니 벌렁거리던 심장이 안정을 되찾는 듯했다. 겨레도 한 잔을 따라 마시고 조 부장 눈치를 살폈다. 식당 주인과 종업원은 화교인지, 중국어로 주문을 전달하고 받았는데, 그들의 말과 행동은 무척이나 소란스러웠다.

*

겨레는 숙소에 도착한 뒤 부랴부랴 가방에서 서류 봉투를 꺼냈다. 봉투 안에는 달랑 사진 한 장이 전부였다. 고려청자였다. 두 사람의 눈이 휘둥그레졌다. 청자는 투명 유리 상자 안에 들어 있었고, 건물 벽에는 '대통령실 수장고'라고 적힌 글씨가 보였다. 사진 뒷장에는 '고려청자 상감 연화 매병'이라고 적혀 있었다. 대통령실에서 도난당한 바로 그 청자였다. 하지만 두 사람은 아직 그것이 대통령실에서 사라진 청자인 줄은 꿈에도 몰랐다.

"선배, 이걸 왜 우리한테 보냈을까요? 이 청자가 뭐라고?"

"글쎄, 이 청자와 관련한 뭔가 있다는 거 아닐까?"

"그러니까, 그 뭔가가 뭐냐는 말이죠."

겨레와 조 부장은 도무지 모르겠다는 표정으로 사진만 뚫어져라 바라봤다.

제보자에게 다시 연락이 온 건 그로부터 한 시간 정도 지났을 때였다. 이번에는 일반 전화로 걸려 왔고, 음성은 낯설었다.

"한 기자님, 저는 대통령실에서 근무하고 있는 차 행정관이라고 합니다."

그는 차 씨라는 말 외에 이름이나 소속 부서는 밝히지 않았다.

"물건은 찾으셨나요?"

"네? 네. 그런데 이게 뭐죠? 대통령실에서 저한테 이런 사진을 보내고 알 수 없는 연락을 계속하는 이유가?"

"죄송합니다. 국가 기밀이라 구체적인 말씀은 드리기가 좀…."

"야, 이 양반아! 국가 기밀이라면 다야. 그놈의 국가 기밀이 뭐 그리 대단한데? 그렇게 대단하고 중요한 거면 당신들이 조용히 처리할 일이지, 왜 우리를 끌어들여 놓고 이러는 거냐고!"

겨레의 전화기를 가로챈 조 부장이 소리쳤다. 겨레가 조 부장 어깨에 손을 올리며 흥분을 가라앉혔다.

"저, 그게… 실은, 며칠 전 대통령실 수장고에서 사진 속 청자가 도난당하는 사건이 벌어졌습니다. 워낙 민감한 사안이라 내부적으로 쉬쉬하는 중이고, 그 청자가 곧 있을 일본 총리 국빈 방문에서 선물해야 하는 거라서…."

일본 총리 국빈 방문? 선물? 두 사람의 눈이 커졌다.

"상황이 좀 그렇게 됐습니다. 두 분께 양해를 부탁드립니다. 이걸 보도해 주시면 안 되겠습니까?"

차 행정관이 되 물었다. 겨레는 그의 부탁이 무슨 의도인지 알아차릴 수 없었다. 내부적으로 철저히 보안을 유지해야 할 판에 되레 보도라니!

"저는 지금 행정관님 말씀을 전혀 이해하지 못하겠습니다."

"그럴 겁니다. 하지만, 이건 국격과 직결한 매우 중차대한 사안입니다."

"그러니까요. 그렇게 중차대한 사안을 왜 언론에 공개해서 일을 키우려는 거냐고요."

"…… 청자를 보관하고 있는 게 바로 저희입니다."

"뭐요? 그건 또 무슨 말씀이에요? 대통령실 물건을 대통령실 사람들이 훔치다뇨?"

"자세한 경위는 차차 설명하겠습니다. 우선 두 분 데스크에 보고부터 드리고 기사도 부탁드립니다. 시간이 얼마 없습니다. 그리고 이 번호는 제 번호이긴 한데, 자주 확인할 수 없습니다. 걸어도 받지 못할 때가 더 많을 겁니다. 문자로 남겨주시면 연락이나 답장하겠습니다. 그럼 저는 이만."

차 행정관이 전화를 끊은 뒤 두 사람은 한참 동안 말이 없었다. 무슨 말을 어디부터 어떻게 해야 할지 몰랐기 때문이다. 거레가 조 부장을 보며 무겁게 입을 열었다.

"해볼까요? 설마 죽기야 하겠어요?"

조 부장은 씩 웃으면 말했다.

"난 죽어도 해보고 싶은데?"

특종

거레와 조 부장은 제보 자료를 토대로 보도 시점을 논의했다. 각자 기사를 쓴 뒤 서로의 글을 검토하기로 했다. 두 기자가 쓴 기사는 엇비슷했다. 이후 자사 편집국장에게 정보 보고를 올렸고, 작성한 기사를 송고했다. 두 언론사 편집국장은 한날한시에 보도하기로 협의를 마쳤다. 기사는 이틀 뒤 '단독'과 '특종'이라는 이름을 붙여 세상에 공개됐다. 두 기자가 각각 보도한 1면 머리기사 제목은 다음과 같다.

〈日 총리에 선물할 고려청자 도난, 대통령실 '함구령'〉
─지구일보, 한겨레 기자
〈대통령실 수장고 안 고려청자 '유령'처럼 사라지다〉
─시사주간 창, 조선일 기자

대통령실은 발칵 뒤집혔다. 대변인실은 언론 보도에 해명 자료를 만드느라 진땀을 흘렸다. 홍보수석은 브리핑을 통해 "해당 언론 보도는 오보"라고 했다가, 지하 수장고 사진이 추가로 공개되자 "조작 가능성"을 갖다 댔다.

그러나 조작이나 편집 가능성은 전혀 없다는 사진과 영상 전문가들 분석이 후속 보도로 이어졌고, 도난을 인정하는 익명의 대통령실 관계자 발언이 기사에 들어가면서 사태는 일파만파 커졌다. 대통령실은 허둥댔고, 참모들은 대응 방안 마련에 고심했다.

고려청자 도난 사건의 불똥은 정치권으로 옮겨붙었다. 야당 대변인은 대통령실에 도난당한 고려청자 입수 경위와 일본 총리에게 선물하려고 했던 의도를 밝히라고 논평했다. 야당 지도부는 대통령이 직접 해명하라고 촉구했고, 국정조사와 특검 카드까지 꺼내 들었다.

여당은 여론의 반응을 살피며 대통령실 엄호에 급급했다. 여당 지도부와 대통령실은 긴밀하게 관련 자료와 정보를 주고받으며 사태를 수습하려고 애썼다. 집권 여당과 대통령실은 이번 사안이 한일 정상회담을 앞두고 외교 문제로 비화하지 않을까 노심초사했다. 대통령은 즉각 관계 장관 회의와 참모진 회의를 열었다. 그리곤 불편한 심기를 노골적으로 드러냈다.

대통령은 집무실 책상을 탁, 치며 목소리를 높였다.

"대체 당신들은 뭐 하는 사람들이요? 일 처리 하나 제대로 못 하는 사람들이 무슨 장관이고, 수석이냔 말이오? 긴말 필요 없고, 정상회담 전까지 정리하세요. 그렇지 않으면 다들 그 자리에 앉아있을 생각하지 마시고!"

격노한 대통령은 자리를 박차고 나갔다. 이후 회의는 비서실장이 주재했다. 회의에선 경호실에 대한 책임론이 불거졌다. 사건 당시 CCTV 녹화가 이루어지지 않았고, 관리 경호원이 자리를 비우는 등 지하 수장고 관리에 허술했다는 비판이 잇따랐다. 경호실 내에 사건 조력자가 있는 것 아니냐는 의혹도 제기됐다.

"경호실 안에 쥐새끼가 있는 게 분명해. 그렇지 않고서야 어떻게 이런 일이 가능하겠어!"

정용호 비서실장은 김삼수 경호실장을 의혹의 눈초리로 쳐다보며 다그쳤다. 김 실장은 침통한 표정으로 말했다.

"경호실장으로서 책임을 통감합니다. 지금 즉시 경호실 전 직원을 대상으로 진상조사를 실시하겠습니다. 사건 당일, 해당 시간대 관리자 동선도 철저히 확인해 조속히 청자를 회수하는 게 급선무입니다. 책임자 문책과 처벌은 그 이후에 해도…."

"지금 그걸 말이라고 하는 거요! 국가 최고 권력기관이 어이없게 뚫렸단 말이오. 그걸 빌미로 지금 야당은 얼씨구나

신이 나서 책임자 처벌을 요구하고 있는데, 뭐가 어떻고 어째? 당장 범인을 잡아내 야당 공세를 방어하고, 민심 이반을 막아야 한단 겁니다."

김 실장이 말을 마치기 전에 비서실장이 말을 끊으며 윽박질렀다. 상관이 수세에 몰리자 최지훈 실장이 나섰다.

"수석님 말씀이 옳습니다. 어쨌든 저희로서는 전 직원을 수사선상에 올려놓고 범인 색출에 총력을 기울이겠습니다. 아울러 정상회담이 얼마 남지 않았기 때문에 사라진 청자를 찾는 일에 주력하겠습니다."

그러나 비서실장은 고개를 가로저었다.

"경호실 내부에 첩자가 있을지 모르는데 고양이한테 생선을 맡길 수 있겠어? 이후 수사와 청자 회수 작업은 국정원에 맡기겠소. 경호실은 최대한 수사에 협조하시오."

비서실장은 이번 사건을 국정원에 전권을 부여하는 것으로 정리한 뒤 회의를 마쳤다. 비서실장 지시는 어찌 보면 당연한 절차였고, 수순이었다. 경호실은 항변할 여지가 없었다. 다만, 검경 같은 수사기관이 아닌, 국정원이 경호실 수사를 맡는 것에 내심 불안함을 지울 수 없었다. 국정원 수사는 그렇게 시작됐다.

*

마철훈 국정원장은 이번 사건의 중대성을 잘 알고 있었다. 따라서 오민석 제1차장을 단장으로 10명으로 구성된 특별수사단을 꾸렸다. 오민석 차장은 기획조정 실장 출신으로 국내 정보 수집과 분석, 대공 수사에 능통했다.

특수단은 출범 당일부터 경호실 직원을 소환해 본격적인 수사에 돌입했다. 대통령실 지하 수장고 담당자 3명과 최지훈 기획관리실장이 첫 소환 대상이었다. 그들은 남산 인근 취조실에서 차례로 조사받았다. 수사관들은 사건 당일 동선과 행적을 캐물었다. 미심쩍은 발언에는 집요하게 파고들어 추궁했다.

"사건 당일 수장고 근무자가 자리를 이탈한 이유가 뭐요?"

조사관의 질문에 당시 근무자였던 차유민은 아무런 대답도 하지 않았다. 그는 입을 꾹 다문 채 묵비권을 행사했다. 나머지 직원 두 명은 "비번이었기 때문에 알 수 없다"라는 답변으로 일관했다. 마지막으로 조사받은 최지훈 실장은 당일 동선을 최대한 구체적으로 설명했고, 수장고 근무자가 왜 근무지를 이탈했는지 이유에는 보고받지 못했다고 진술

했다. 첫날 조사는 별 소득 없이 끝났다.

오 단장으로부터 첫날 조사 결과를 보고 받은 마 원장은 속이 부글거렸다.

"이놈들, 뭔가 속이고 있어. 그렇지 않고야 묵비권을 행사하거나 모르쇠로 일관할 순 없어."

"그러니 말입니다. 그렇다고 옛날처럼 두드려 패거나 고문할 수도 없고…."

오 단장은 난감한 표정을 지었다.

"수장고 앞 CCTV는 확인해 봤어?"

"네. 그날 오전 10시부터 오후 1시까지 촬영분이 없습니다."

"안 찍혔다는 거야, 삭제됐다는 거야?"

"CCTV는 돌아가고 있었는데, 수장고 출입자는 없었습니다."

"그게 무슨 말이야? 그럼 무슨 유령이라도 나타나서 청자를 가져갔다는 거야, 뭐야!"

"저도 그것이 좀 애매합니다."

마 원장은 어이가 없다는 듯 고개를 절레절레 흔들었다.

"아무튼 차유민은 좀 더 데리고 있으면서 추가 조사해 봐. 현장 근무자였던 녀석이 왜 근무지를 이탈했는지를 알아내면 실마리가 풀릴 것 같으니까. 그놈 배후에 누군가 있어. 쥐새끼든, 유령이든 반드시 잡아야 해."

"김삼수 실장도 소환할까요?"

"그 양반은 아직 부를 타임이 아냐. 괜히 잘 못 건드렸다가 경호실과 국정원 사이도 안 좋아지고, 공연한 오해를 살 수 있으니 신중히 접근하자고."

"알겠습니다."

"아 참, 이번 건 보도한 기자들 있지?"

"네. 지구일보 한겨레 기자와 시사주간 창 조선일 기자입니다."

"거기도 조사해 봐. 분명 누군가로부터 제보를 받았을 테니. 제보자를 알아내면 몸통을 밝혀낼 수 있을 거야."

"네, 알겠습니다."

오 단장은 수사단으로 돌아와 단원들에게 두 기자를 조용히 조사실로 데려오라고 지시했다. 단원 3명이 승합차를 몰고 가 대통령실 기자실에 있던 거레와 조 부장을 연행했다. 기자들은 그들이 국정원 소속이라는 사실을 알지 못했다. 기자실 안에 있던 기자들도 마찬가지였다. 두 기자는 연행 과정에서 핸드폰을 압수당했다.

공방

국정원은 두 언론사에 기자들을 연행한 사실을 통보했다. 국기 문란 행위와 허위사실 유포 여부 확인을 위한 조사가 필요하다고 설명했다. 언론에서는 관련 보도가 연일 쏟아졌다. 하지만 대부분 대통령실을 둘러싼 의혹 보도였기에 대통령실 부담은 갈수록 가중됐다.

겨레와 조 부장은 서로 다른 방에서 꼬박 사흘 동안 조사받았다. 겨레는 "지금이 유신시대도 아니고, 이렇게 막무가내로 잡아다 취조 해도 되느냐"고 반발했다. 조 부장 역시 "언론이 살아있는 한 당신들의 만행은 만천하에 드러날 것이고, 역사에 반드시 기록될 것"이라고 경고했다.

특수단은 겨레와 조 부장에게 제보자 신상과 자료 입수 경위를 집요하게 물었다. 하지만 두 기자 모두 이런 상황을 대비해 미리 입을 맞춰 놓았다. 두 사람은 80시간여 만에 풀려났다.

각자 언론사에 복귀한 다음, 편집국장 주재 회의에 참석했다. 취조실에 있었던 내용과 상황을 소상히 보고했다. 양측 언론사는 대통령실에 공문을 보내 강제 연행과 장시간 조사에 항의했다. 야당은 정부 여당을 겨냥해 '언론 탄압'이라며 진상조사를 촉구했다.

국정원과 대통령실은 연행 과정에서 강제성은 없었으며, 장시간 조사한 이유는 국가 안보와 외교에 엄중한 사안이기 때문이라고 반박했다. 그러나 여론은 대통령실에 불리하게 돌아갔다. 언론은 고려청자 도난 사건의 진실과 의혹을 연일 보도했다. 거대 야당인 민국당은 특검과 국정조사를 요구하며 여당인 한민당을 압박했다. 대통령 지지율은 곤두박질쳤다. 총선을 1년 앞두고 벌어진 악재에 민심도 요동쳤다. 주말과 휴일마다 시민단체를 중심으로 한 촛불집회가 광화문 광장을 뒤덮었다. 대통령실과 한민당 내부에서는 대통령이 직접 대국민 기자회견을 통해 사태를 수습해야 한다는 목소리가 흘러나왔다.

대통령은 한민당 지도부를 호출했다. 비서실장이 당 지도부를 대동하고 대통령 집무실로 들어갔다. 대통령은 소파에 앉아 눈을 지그시 감고 있었다. 인기척 소리에 눈을 뜬 대통령은 일어나 당 지도부와 일일이 악수한 뒤 자리에 앉으라고 했다.

"어서들 오세요. 수해복구로 고생 많으셨습니다. 당 운영과 의정활동에 다들 정신이 없을 텐데, 별안간 괴상한 일이 터져 여러분께 미안합니다."

대통령의 말이 끝나자 김신 대표는 "대통령님께서 마음 고생이 크실 줄 압니다"라고 위로했다. 박초아 원내대표 역시 "저희가 아무런 도움을 드리지 못해 송구할 따름"이라고 고개를 숙였다.

그사이 비서실 직원이 차를 들고 들어왔다. 선홍빛이 감도는 오미자차가 청자 다기에 담겨 상큼한 향을 풍겼다. 다기마다 얼음과 잣을 서너 개씩 띄워 청량함을 더했다. 대통령이 먼저 다기를 들자 나머지 인사들도 차례로 잔을 들어 입에 댔다. 집무실 안에는 정적이 흘렀고, 창문 밖에선 요란한 매미 소리가 귓전을 쟁쟁 울렸다.

*

"일단 대국민 기자회견은 해야 할 필요가 있다고 봅니다."

장현수 대변인이 무겁게 건의했다. 당 지도부 모두 같은 입장이었다. 이미 그들은 용산으로 오기 전 그렇게 하기로 중지를 모았다. 장 대변인이 계속 말을 이어갔다.

"대통령님께서 직접 국민들께 이번 일에 대해 소상히 밝힌다면 여론은 빠른 속도로 가라앉을 겁니다. 그렇다면 야당의 공세도 누그러질 것이고, 그사이 청자를 찾는다면 정상회담도 별 무리 없이 진행될 것으로 예상됩니다."

대통령은 아무 말 없이 고개를 끄덕였다. 그리고 결심했다는 듯 비서실장에게 "그렇게 하라"고 지시했다. 비서실장은 곧바로 참모진 회의를 소집했다.

당 지도부가 돌아간 자리에는 대통령실 홍보수석과 대변인단이 들어왔다. 비서실장이 상황을 보고했고, 홍보수석은 기자회견 시나리오를 보고했다.

"기자회견은 1시간 생중계로 진행하겠습니다. 대통령님 말씀은 30분, 나머지 30분은 기자들과 질의응답으로 하겠습니다. 질문은 친여 성향의 언론사 위주로 5명만 하겠습니다. 사전 질문을 먼저 받아 대통령님 답변까지 준비하겠습니다. 대통령님께서는 질문 당 최대한 시간을 끌어 주십시오."

각본에 짜인 기자회견은 이틀 뒤 대통령실 브리핑실에서 열렸다. 회견은 대통령실이 기획한 대로 순조롭게 진행됐다. 대통령은 대국민 기자회견 모두발언에서 이렇게 설명했다.

"모쪼록 이번 일로 국민들께 심려를 끼쳐 드려 송구스럽습니다. 다만 이번 사건은 한일 양국의 우호 협력을 무너뜨리려는 불순 세력의 심각한 국기 문란 행위입니다. 또한 국가 안보의 근간을 뒤흔들려는 반反정부 행태로써 결단코 용납할 수 없습니다. 이에 정부는 한 점 의혹이 없도록 이번 사건을 철저히 조사하겠습니다. 그리고 조사를 통해 밝혀진 주동자들과 그 배후세력에는 강력한 처벌이 이루어지도록 모든 조처를 하겠습니다. 그러니 국민 여러분은 아무 걱정하지 마시고, 조사 결과를 기다려 주시기 바랍니다."

이어진 질의응답에서는 도난당한 청자 입수 경위와 국정원이 수사를 전담한 배경 등은 전혀 언급되지 않았다. 그걸 따져 물으려던 기자들이 손을 들었지만, 대통령과 홍보수석은 사전 정해놓은 기자들에게만 질문권을 줬다. '짜고 친 고스톱'은 대통령실에 반전의 계기를 마련해줬다.

야당은 언론을 이용한 '물타기'라고 반발했다. 하지만 '스모킹건(결정적 증거)'이 없는 상황에서 무리하게 공세만 취할 순 없는 노릇이었다. 총선을 앞두고 정부 여당에 발목 잡기로 비칠 수 있는 데다, 야당이 사건의 배후로 지목될 개연성도 농후했기 때문이다. 어떻게든 정치적 수세로 몰리는 일은 없어야 했다. 그러나 한번 칼을 빼든 야당은 썩은 무라도 베야 했다.

결과적으로 여야는 특검에 합의했다. 하지만 특검은 여야가 각각 추천한 인사 중 1명을 대통령이 지명할 수 있었다. 여야는 특검 인사 추천을 두고 줄다리기를 거듭했지만, 끝내 무산됐다. 여론을 잠재운 대통령실은 범인 색출과 청자 입수에 총력을 기울였다. 동시에 해당 사건을 보도한 두 언론사를 상대로 허위보도 혐의로 고발했다. 언론사는 수세에 몰렸고, 공동 대응 방안을 모색하기로 했다. 대통령실 출입을 제지당한 한겨레와 조선일은 울화가 치밀었지만, 딱히 할 수 있는 일도 없었다. 겨레는 언젠가 인상 깊게 본 영화의 한 대사가 떠올랐다.

　　"헌법 제정자들이 언론의 자유를 준 것은 꼭 가져야 할 보호장치이며, 민주주의에 필수적 역할을 다하기 위함이다. 언론은 국민에게 봉사하는 것이지, 통치자를 위한 것은 아니다."

*

　　겨레와 조 부장은 커피숍에 앉아 핸드폰을 들여다보고 있었다. 유튜브를 보고 있던 겨레의 핸드폰에 낯선 번호로 전화가 걸려 온 건 그때였다. 차 행정관이었다. 그동안 두 기자가 수십 번을 연락했지만, 연락이 닿지 않았던 그였다. 의도적으로 피한다는 느낌이 들어 더는 연락하지 않았는데, 마침 전화가 걸려 온 것이다. 차 행정관은 두 사람과 만남을 제안했다.

이틀 뒤, 저녁 6시 마포의 허름한 노포老鋪. 두 기자는 약속 시간 10분 전 도착했고, 차 행정관은 약속 시간 정각에 나타났다. 말쑥한 양복 차림으로 식당에 들어섰다. 통성명을 마친 셋은 둥그런 스테인리스 테이블에 둘러앉았다. 식당 안은 아직 손님이 없어 조용했다.

"두 분이 쓴 기사는 잘 봤습니다. 그동안 전화를 받지 못한 건 죄송합니다. 보도 이후 전 직원들 전화가 도청되고, 저도 조사받으러 다니느라 행동에 제약이 있었습니다."

두 사람은 무슨 상황인지 알겠다는 눈치로 고개를 끄덕였다. 그럼 지금 대통령실 분위기는 어떠냐고 조 부장이 물었다.

"일단 조사가 계속 진행 중입니다. 언제 끝날진 모르겠고요. 다만, 정치 공방이 길어질수록 야당에 유리해지기 때문에 오래 끌진 않을 겁니다. 일본 총리 방문도 얼마 안 남았고…."

겨레는 뭔가 골똘히 생각하는 듯했고, 조 부장은 빈 잔들을 가져다 술을 채웠다. 차 행정관은 낮은 소리로 자신들이 빼돌린 청자는 절대 찾지 못할 거라고 자신했다.

"일본 총리 방한 전까지 청자를 찾지 못하면 어떻게 되는 겁니까?"

조 부장이 술잔을 돌리며 물었다. 차 행정관은 조 부장이 건넨 술잔을 단숨에 들이키며 말했다.

"뭐, 다른 선물을 하겠죠."

"대체 그 청자가 뭐길래 그 난리인 거요? 그리고 당신들이 청자를 빼돌린 이유는 뭐고, 청자는 대체 어디 있는 거요?"

조 부장은 답답하다는 듯 물었다. 차 행정관은 말없이 소주 한 잔을 직접 따라 마셨다. 그사이 불판 위에는 먹음직스러운 고기가 주섬주섬 깔렸다. 여전히 식당 안에는 그들 뿐이었다. 청년이 돌아가자 차 행정관은 작심한 듯 담담하게 저간의 상황을 풀어놨다. 이제부터 그의 긴 이야기가 시작된다.

풍파의 서막

차유민. 그는 지방의 한 대학에서 사학을 전공했다. 대학 졸업 뒤에는 국립박물관 학예사로 2년 일했다. 그러다 지도 교수가 소장으로 있는 문화재연구소로 이직했다. 그는 거기서 댐 수몰지구 유적발굴 조사에 참여했다. 다목적댐 건설로 강 유역 일부가 수몰됐는데, 연구소는 그 일대 문화유적 전반에 걸친 발굴조사 업무를 맡았다.

조사반은 6개 반으로 구성했다. 유민은 그중 민속조사반에 속했다. 조사반은 3년여에 걸쳐 수몰지구에서 유적과 유물 발굴조사를 진행했다. 이 과정에서 다량의 유물이 출토됐다.

강 유역에선 구석기시대를 거쳐 신석기와 청동기 문화가 형성됐음을 확인했다. 그동안 고고학상에 밝혀지지 않았던 한민족의 기원과 이동에 관한 근거도 확보했다. 고구려와 백제 문화의 영향과 분포, 고려 불교문화의 특색과 조선시대 '중원문화' 특징에 대한 자료도 수집했다. 문화재 발굴 역사에 한 획을 긋는 쾌거였다. 조사반원들은 감격에 겨워 저마다 눈물을 훔쳤다.

유민은 최종 보고서가 발표되던 날 이루 형언할 수 없는 뿌듯함을 느꼈다. 자신의 전공을 살려 여태껏 아무도 발견하지 못한 유적과 유물을 직접 보고, 만지고, 분석했다는 사실에 감정이 북받쳤다. 그 역시 눈가에 눈물이 고였다.

'아, 내가 드디어 이걸 해냈구나!'

조사반은 해산하기 전 전체 회식 자리를 가졌다. 수몰지구 인근에 있는 오래된 능이백숙 집이었다. 식당 주인은 들에서 놓아먹이던 토종닭 다섯 마리를 잡아 손질했다. 그리고 산속에서 직접 따온 능이와 각종 버섯, 채소, 양념 따위와 함께 가마솥에 넣고 장작을 땠다. 가마솥에서 스멀스멀 연기가 피어올랐다. 구수한 백숙 냄새가 산자락에 진동했다.

조사반원 8명은 두 테이블에 나눠 앉았다. 이윽고 김이 모락모락 나는 백숙이 큼지막한 사기그릇에 담겨 들어 왔다. 살집이 두툼한 닭고기, 그 위에 능이가 소담하게 쌓였다. 뽀얀 국물은 보기만 해도 침이 넘어갈 정도로 먹음직스러웠다. 여기저기서 탄성과 박수가 터져 나왔다.

접시마다 음식이 담겼고, 그사이 소주와 맥주가 박스째 들어왔다. 한 사람이 술잔을 들고 자리에서 일어났다. 그는 유민의 대학 은사이자, 연구소장이며, 역사학자였고, 조사반장인 '마강진'이었다. 유민은 그를 '교수님'이라고 불렀다. 마 교수는 가득 채운 잔을 들고 말했다.

"멀고도 긴 여정이었습니다. 그러나 여러분, 우리는 마침 내 해냈습니다. 성공했습니다."

반원들은 환호성을 지르며 손뼉을 쳤다. 유민도 손뼉을 치며 스승의 이야기에 집중했다.

"여러분! 여러분이 아니었다면 우리는 결코 이 험난한 여 정을 끝내지 못했을 겁니다. 대단히 고맙습니다. 오늘은 근 심 걱정 다 내려놓고 신나고 즐겁게 먹고 마십시다. 우리는 이제 그래도 됩니다. 지나간 시간과 지금의 시간과 다가올 시간을, 위하여!"

"위하여!"

반원들의 목소리는 우렁찼다. 술이 한 순배 돌았을 즈음, 유민은 조용히 밖으로 나왔다. 캄캄한 밤하늘에 박힌 별이 빛났다. 식당 뒤편 산속에선 소쩍새와 부엉이와 올빼미가 저마다 존재를 알리는 소리를 냈다. 귀뚜라미도 덩달아 장 단을 맞췄다. 술이 들어가 벌게진 얼굴이 서늘한 밤공기에 누그러지는 듯했다. 유민은 마당 한 귀퉁이에 마련한 간이 화장실로 향했다. 볼일을 마치고 나오려는데, 식당 주인이 무언가를 들고 곳간채로 가는 모습이 보였다.

'이 밤에 저기서 뭘 하려는 걸까?'

유민은 주인이 나올 때까지 기다렸다. 궁금한 건 못 참는 성미라 기어이 알아볼 요량이었다. 주인은 한참이 지난 뒤에야 안에서 나왔다. 곳간채 안은 백열등 하나 달아놓지 않았다. 그래서 더 어둡고 컴컴했다.

"사장님, 그 안에서 여태 뭐 하셨대요?"

"으악!"

사장은 깜짝 놀라 비명을 질렀다. 하마터면 뒤로 자빠질 뻔했다.

"아휴 놀래라. 갑자기 그러면 어쩝니까. 간 떨어질 뻔했네."

사장은 놀란 가슴을 쓸어내리며 퉁퉁거렸다. 그 모습에 유민은 괜스레 미안해졌다.

"죄송합니다. 일부러 놀라게 하려던 건 아니었어요."

"그래도 그렇지. 점잖은 양반이 오밤중에 장난하는 것도 아니고…."

유민은 연신 고개를 숙이며 사과했다. 하지만 미안한 건 미안한 것이고, 물어볼 건 물어봐야 했다.

"사장님, 근데 아까 들고 들어간 물건은 뭐에요? 그리고 깜깜한 데서 한참 동안 뭘 하신 거예요?"

사장은 짐짓 놀랐다. 그리곤 등을 홱 돌려 부엌 쪽으로 걸어갔다. 유민은 사장 뒤꽁무니를 졸졸 따라가며 계속 물었다. 집요할 정도로.

"거 귀찮게 자꾸 왜 그런대요? 남이야 안에서 똥을 싸든, 밥을 먹든, 자빠져 자든. 뭐가 그리 궁금합니까. 손님으로 왔으면 맛나게 잡숫고 가면 될 일이지!"

"그러니까요. 대수롭지 않은 건데 말씀 못 하실 건 뭐래요."

유민도 물러서지 않았다. 반드시 사장의 답변을 들어야 직성이 풀릴 듯했다.

"이 보소, 젊은 양반. 난 그저 우리 집안일을 했을 뿐이요. 지극히 사적인! 됐소?"

"그럼 아까 뭘 들고 들어가던데, 그건 뭐예요?"

"거참. 성가시게 구네. 정화수 담은 사발이요."

"정화수 사발이요? 그걸 왜 이 밤에 들고 거기 들어간 겁니까?"

"아, 그거참! 고만 좀 하소. 나도 더는 참기 힘들구먼!"

밖에서 나는 실랑이를 들었는지 안에서 누가 나왔다. 마 교수였다. 그가 유민을 불렀다.

"차 선생, 안 들어오고 거기서 뭐 해?"

"아, 네. 곧 들어갑니다."

사장은 이때다 싶어 자리를 피했고, 유민은 별수 없이 터벅터벅 방 안으로 들어갔다. 야밤에 정화수를 떠 헛간에 들어간 사장의 행동이 머릿속에 계속 맴돌았다. 유민은 주인이 들어간 부엌을 물끄러미 쳐다봤다. 그러곤 고개를 갸웃거리고 방문을 열었다. 안에선 얼큰하게 취한 일행들이 두세 명씩 어울려 왁자지껄 떠들었다. 여러 소리가 뒤섞여 막들어온 유민은 정신이 산란했다. 빈자리를 비집고 앉았는데, 그 옆으로 마 교수가 소주잔을 들고 와 앉았다. 유민은 그가 건네는 술잔을 공손히 받았다.

"밖에서 사장님이랑 무슨 시비가 붙은 거 같던데? 무슨 일 있었나?"

"아, 아닙니다. 제가 처음 본 분이랑 무슨 감정이 있겠어요."

"그래? 자네 표정이 꽤 심각해 보이던데?"

"교수님 눈썰미는 여전하시네요. 여기 사장님께서 별스러운 행동을 하셔서요. 물어보니까 버럭 화만 내시더라고요."

"별스러운 행동? 그 양반이 뭘 어떻게 했길래?"

유민은 마 교수에게 주인과 있었던 자초지종을 설명했

다. 유민의 이야기를 들은 그의 낯빛이 달라졌다. 특히 '정화수'라는 말이 나왔을 땐 안색이 살짝 어두워졌다. 밤이 깊을수록, 취기 오른 방안의 수다는 열기를 더했다. 두 사람만 빼고.

청자의 전설

마 교수와 유민은 술자리를 피해 밖으로 나왔다. 식당 주인이 들어갔던 곳간채에 가볼 참이었다. 주인 눈에 띄지 않게 조심조심, 도둑고양이처럼 살금살금. 두 사람은 곳간채로 이동했다. 유민이 앞장섰다. 밤이 어두웠기에 핸드폰 조명을 컸고, 뒤따르던 마 교수는 주변을 살폈다.

이윽고 곳간채 앞에 도착했다. 조심스럽게 문을 밀자 축축한 습기가 밀려 나왔다. 유령이라도 나올 듯 음침했다. 유민은 핸드폰 조명을 더 밝게 설정했다. 마 교수의 핸드폰도 합세하니 가물거리던 곳간채 내부가 그럭저럭 시야에 들어왔다. 두 사람은 잔뜩 긴장한 채 주변을 두리번거렸다.

왼쪽에는 망치와 호미, 곡괭이, 삽, 쇠스랑 따위 연장이 가지런히 정리돼 있었다. 그 옆에는 항아리처럼 보이는 단지 서너 개가 차례로 있었고, 쓰다남은 벽돌이 한쪽이 쌓여 있었다. 중앙에는 등받이가 없는 긴 나무 의자 위에 도자기로 만든 컵과 그릇들이 일렬로 늘어서 있었다. 오른쪽으로는 오래된 물레가 있었다. 과거에 공방이었던 듯싶었다.

마 교수는 곳간채 내부를 흥미롭게 관찰했다. 그러다 어느 한 지점에서 멈췄다. 허리 높이의 참나무 통나무 위에 올려진 정화수였다. 그의 입에서 작은 신음이 흘러나왔다. 유민 역시 마 교수와 같은 지점에서 시선이 멈췄다. 정화수 앞 벽면에 걸린 그림 두 장이었다. 두 사람은 그림 앞으로 가까이 다가가 핸드폰 조명을 비췄다. 청자였다. 하나는 다섯 마리 용이 여의주를 물고 승천하는 그림이었고, 다른 하나는 연꽃무늬가 새겨져 있었다.

"오룡 청자 정병과 연화 무늬 매병이라…."

그림을 들여다보던 마 교수 눈썹이 쑥 올라갔다. 유민은 마 교수가 도자기, 특히 고려청자에 조예가 깊은 줄 알고 있었다. 대학 시절 그의 연구실에 가 보면 한 귀퉁이에 청자와 백자 모형이 가득했고, 책꽂이에는 관련 서적이 빼곡했기 때문이다. 마 교수는 그림 두 장 가운데 오룡 청자에서 눈길을 떼지 못했다. 마 교수는 얼른 핸드폰으로 그림을 찍었다. 유민은 마 교수에게 두 그림을 아느냐고 물었다. 마 교수는 어렴풋이 자신의 어린 시절을 떠올렸다. 아버지의 방 서랍에서 봤던 그림 뭉치. 마 교수는 그때 봤던 그림 가운데 이것들을 본 기억이 있다. 이제부터 마 교수 어린 시절 이야기로 거슬러 올라간다.

*

하루는 어린 강진이 그림 뭉치를 꺼내다가 부친에게 이것들이 다 무어냐고 물어본 적이 있다. 그의 아버지는 불같이 화부터 냈다.

"애비 서랍을 함부로 뒤지다니! 어디서 배운 버르장머리냐!"

강진은 그 자리에서 회초리를 맞았다. 다리에서 철철 피가 흘렀다. 아이 울음소리를 들은 어머니가 헐레벌떡 들어왔다. 그의 어머니는 애를 잡을 셈이냐며 남편 손에 든 회초리를 잡아챘다. 그러곤 우는 아이를 업고 옆 방으로 데려갔다.

어머니는 다리에 약을 발랐는데, 쓰린 상처에 연고가 닿자 강진은 고통스럽다는 듯 신음했다. 어머니는 연고를 살살 문질렀고, 문지른 다음에는 호호 불었다. 강진은 울다 지쳐 잠들었다. 아들이 잠든 걸 확인한 어머니는 안방으로 돌아왔다. 강진이 깰지 몰라 남편을 향해 나지막이 다그쳤다.

"애가 뭘 알고 그랬겠어요? 애비가 돼서 사려 깊지 못하고 매를 들다뇨. 자다가 경기하지 않을까 모르겠네."

강진의 부친은 대꾸하지 않았다. 아내 말이 맞았기 때문이다. 자신이 한 행동이 경솔했음을 깨달았다. 그는 아무 말 없이 방문을 열고 나갔다. 벽돌공장에서 하얀 연기가 쉼 없이 하늘로 날아올랐다. 바람에 찬기가 들었고, 저만치 겨울이 오고 있었다.

강진의 부친은 대대로 내려오던 가마터를 닫았다. 도자기가 인기를 끌던 시대가 지났기 때문이다. 대신 가마터 자리에 공장을 짓고 벽돌을 찍어냈다. 가마터에서 부리던 일꾼들은 도자기를 굽는 대신 벽돌을 구웠다. 신생 공장이었지만, 공장장 성품이 워낙 유순해 거래처가 하나둘 늘었다. 장사 수완은 없었지만, 일을 맡기면 정해진 납품 일자를 어기는 법이 없었다. 자고로 사업이란 신뢰를 바탕으로 하는 업이다. 신뢰를 잃으면 제아무리 용을 써도 성공할 수 없다는 건 강진의 부친도 잘 알고 있었다.

다음 날 아버지는 종이 커피를 들고 사무실을 서성였다. 그리고는 아들을 데리고 휴게실로 들어갔다. 찬바람이 나기 시작했지만, 추위를 느낄 정도는 아니었다. 강진은 전날 맞은 회초리에 다리가 불편한지 다리를 살짝 절룩였다.

아들은 아직 마음이 누그러지지 않았다. 아버지가 원망스럽고 미웠다.

"강진아!"

"네. 아버지."

"어제 네가 본 그 그림들 말이다. 그건 내 아버지의 아버지의 아버지, 또 그 아버지의 아버지의 아버지, 그 위 조상님 때부터 내려온 우리 집안 가보 같은 물건이다."

조상 대대로 내려온 가보 같은 물건. 한낱 그림 따위가 무슨 가보가 될 수 있단 말인가. 어린 강진은 아버지 말을 도무지 이해할 수 없었다. 그의 아버지는 계속 말을 이었다.

"청자는 고려시대에 유명해졌지만, 그렇게 되기까진 그전부터 도자 기술이 진화했기 때문이다. 내가 듣기로는 백제시대 때부터 우리 집안은 도자기 굽는 일을 가업으로 삼았다. 특히 '마천왕'이라는 분은 청자의 원류 같은 분이셨지. 그분과 그분의 자식들 덕분에 우리 집안이 명맥을 유지할 수 있었단다."

아버지 이야기를 듣고 있던 강진은 아무리 들어도 무슨 소린지 알아들을 수 없었다. 강진은 뾰로통한 표정으로 아버지를 쳐다봤다.

아버지는 쓴웃음을 지으며 말을 이었는데, 그 말은 그의 아버지의 아버지의 아버지보다 더 위의 시절과 전설로 거슬러 올라갔다. 이제부터 그 '전설 같은 이야기'가 시작된다.

2부
반전

백제 최후의 날

왕은 그날도 궁녀들의 치마폭에 싸여 있었다. 당나라 사신이 가져온 술을 내오라며 아침나절부터 술독에 빠졌다. 머리는 풀어 헤쳐 산발했고, 눈동자는 풀려 초점을 잃었다. 덥수룩한 수염에는 술과 침이 잔뜩 눌어붙어 지저분했다.

"야, 이놈들아! 술을 더 내오너라. 왜 이리 동작이 굼뜬 것이냐!"

왕은 이미 대취했다. 신하들은 어찌할 바를 몰라 시종들에게 지시했다. 시종들은 재빨리 독에서 술을 길어 병에 따랐고, 병에 담은 술을 왕 앞에 대령했다.

"한잔 따라 보구려."

왕이 장군에게 잔을 내밀었다.

"폐하. 황공하옵니다."

"공이 내 곁에 있어 든든하오. 짐은 자네만 믿는구료. 부디 이 나라를 부탁하오."

술잔을 비운 왕은 빈 잔에 술을 채워 장군에게 건넸다.

"성은이 망극하옵니다. 폐하와 백제국을 위해 분골쇄신

하겠나이다."

왕은 흡족해하며 연신 고개를 끄덕였다. 왕은 그에게 무관 최고위 관직인 병관좌평兵官佐平 벼슬을 내렸고, 그는 크게 절하고 나와 집으로 돌아갔다. 마지막 전투를 준비하기 위함이었다.

그의 아내는 그날 왕이 하사한 쌀로 밥을 지었다. 모처럼 한 식구가 다 같이 모여 저녁을 먹었다. 최후의 만찬이었다. 장군은 저녁을 먹는 둥 마는 둥 하고 일어나 문밖으로 나갔다. 달이 휘영청 밝았다. 뒤따라 나온 아들이 장군의 행동을 이상히 여겨 무슨 말을 하려고 다가왔다. 장군은 입을 굳게 다물고 옆에 차고 있던 칼을 뺐다. 그리곤 돌아서서 아들의 목을 단숨에 베었다. 사립문 앞에서 그 광경을 지켜보던 아내가 깜짝 놀라 주저앉았다.

"장군! 미쳤소? 이게 무슨 짓입니까. 어찌 이러는 것입니까?"

"부인. 이 나라는 이제 운을 다했소. 나는 곧 전장에서 죽을 것이고, 내가 죽으면 당신과 우리 식솔도 죽음을 면치 못하거나 노예로 살 거요."

장군의 말에 아내는 체념한 듯 고개를 끄덕였다. 부인은 집 안으로 들어가 남은 두 자녀를 데리고 나왔다.

"이 나라를 탓하지 말거라. 용서하지도 말거라. 다음 생에는 내 아내와 자식으로 태어나지도 말거라."

장군은 마당에 꿇어앉은 가족의 목을 차례로 베었다. 하늘에선 천둥과 벼락이 내리쳤다. 장군은 갑옷으로 갈아입고 말에 올랐다. 가족을 참수하는 모습을 지켜본 참모장은 아무 말 없이 장군을 호위했다.

"장군, 가족들의 명복을 빕니다. 정중히 모시라고 휘하에 일렀습니다."

"고맙네. 자, 어서 가세."

"군사들은 이미 출정 준비를 마쳤습니다."

장군과 참모장은 마지막 전장인 황산벌로 향했다. 다음 날부터 신라군과 일전을 치렀다. 장군은 장검을 휘두르며 맨 앞에서 싸웠다. 적진을 누비며 적장을 하나둘 무찔렀다. 일방적일 것 같았던 전투는 사흘이 지나면서 전세가 심상치 않았다. 잘하면 백제군에 승산이 있어 보였다. 그러다 장군이 전사했다. 적군이 쏜 화살이 불운하게도 가슴 한복판을 관통했다. 장군은 두 눈을 부릅뜬 채 숨을 거뒀다. 전세는 신라군으로 급히 기울었다. 신라군은 깃발을 높이 치켜들고 북을 치며 술 취한 왕이 있는 사비성으로 진격했다.

궁은 혼란스러웠다. 항복하자는 부류와 항거하자는 부류

가 첨예하게 맞섰다. 왕은 숙취로 아무런 말도, 아무런 결정도 내리지 못했다.

"오늘만큼은 아무것도 생각하고 싶지 않구나."

왕은 대신들을 물렸다. 왕궁의 밤은 빨리 왔다. 그날 밤, 왕은 어린 궁인을 품고 잠자리에 들었다.

다음 날, 모처럼 일찍 일어난 왕은 대신 회의를 주재하려고 했다. 그러나 대소신료는 단 한 명도 보이지 않았다. 입궁 대신 피란을 택했기 때문이다. 일부 고관대작과 신하들은 신라군에 투항했다는 전언도 들렸다.

"폐하, 지체할 시간이 없습니다. 신라군이 벌써 성 밖까지 들이닥쳤다고 합니다."

왕은 황급히 갑옷으로 갈아입었다.

"피란 준비를 하거라. 어서 궁을 떠나야 한다."

왕과 왕비, 왕자들은 무사들의 호위를 받으며 가마를 타고 궐 밖으로 빠져나갔다. 궁 안에는 궁녀와 친위병 삼백여 명만 남았다. 그들은 왕이 궁을 떠난 사실을 알지 못했다. 궁녀들과 군사들은 적막감이 감도는 궁 안에서 신라군을 맞을 판이었다. 날은 잔뜩 흐렸고, 대전大殿 앞에는 비가 한두 방울씩 떨어졌다.

*

　월과 성은 그날도 가마터에서 놀고 있었다. 둘은 의좋은 오누이였다. 월은 열세 살, 성은 열한 살이었다. 그들의 부친은 '마馬천왕'으로, 나이가 마흔이 넘었다. 직업은 가마를 짓고, 도자기를 굽는 도공이었다. 가마터는 그의 일터이자 일꾼들의 삶의 터전이면서, 아이들의 놀이터였다.

　"오라버니, 오랜만에 격구나 하러 갈까?"

　성의 말에 월은 고개를 가로저었다. 하늘에 먹구름이 짙어 금세라도 비가 들이칠 듯했기 때문이다.

　"비가 많이 올 것 같아. 집에 가서 젖을 만한 거라도 치워 놔야겠다. 부모님 일거리를 하나라도 덜어 드려야지. 우리 때문에 늘 불구덩이 앞에서 고생하시는데."

　월의 말에 성이 고개를 끄덕였다.

　"미안해요, 오라버니. 내 생각이 짧았네."

　집으로 돌아온 오누이는 마당에 넌 빨래를 걷었다. 햇볕에 잘 마른 산나물은 소쿠리째 들어 부엌 안에 들여놓았다. 오누이가 집안일을 마치기 무섭게 빗방울이 후드득 떨어졌다. 가늘게 내리던 비는 순식간에 장대비로 바뀌었다. 하늘에선 우르르 꽝꽝하며 천둥과 번개가 쳤다. 놀란 남매는 후

다닥 방 안으로 들어가 이불을 폭 뒤집어썼다.

그들의 부모는 아직 가마터에 있었다. 가마터 한쪽에 임시로 만든 막사에서 비를 피했다. 일꾼들도 비를 피해 하나둘씩 막사 안으로 들어왔다.

"비가 많이 오겠소. 오늘 일은 여기까지 합시다. 어차피가마에 넣은 기물이 구워지려면 이틀은 걸릴 테고, 그 안에는 바쁜 일이 없으니 쉬엄쉬엄하죠."

가마터 행수인 마천왕의 말에 일꾼들은 주섬주섬 일어나손을 씻고 비가 멎기를 기다렸다.

천왕은 아내 서 씨에게 일러 탁주를 가져오게 했다. 그와인부들은 옹기종기 모여 앉아 술잔을 기울였다. 비는 갈수록 세차게 쏟아졌고, 술자리도 길어졌다. 술에 취한 인부들은 아무 데나 쓰러져 잠들었고, 정신이 있는 이들은 빗줄기가 잠잠해진 틈에 집으로 돌아갔다. 부부는 잠든 인부들에게 이불을 덮어주고 집에 갈 채비를 했다.

"서둘러 갑시다. 아이들 밥도 못 먹고 기다리고 있을 텐데."

부부가 귀가했을 때, 아이들은 잠들어 있었다. 월은 이불을 덮는 둥, 마는 둥 한 채 입을 떡 벌리고 잤고, 성은 드르렁거리며 코를 골고 있었다.

"아휴. 밥도 안 먹고 잠이 들었네. 깨울까요?"

"달게 자고 있는데 그냥 두시게."

천왕은 천진난만하게 잠든 아이들을 쳐다보면서 흐뭇한 미소를 지었다. 그러곤 호롱불을 밝히고 책을 폈다. 그는 낮에는 도자기를 굽고, 밤에는 책을 읽었다. 책은 도자기와 관련한 내용이었는데, 그는 어떻게 해야 실용적이고 예술적인 기물을 만들어낼지 늘 고민하고 연구했다. 천왕이 책을 펴고 두어 장 정도를 넘기고 있을 즈음이었다. 밖에서 누가 그를 불렀다.

"행수 어르신. 어르신 안에 계십니까?"

문을 열어보니 가마터 일꾼 봉이었다.

"봉이 자네가 이 밤중에 어쩐 일인가?"

천왕은 숨이 턱 밑까지 찬 그를 마루에 앉히고 냉수를 떠다 줬다. 숨을 돌린 봉이 말했다.

"신라군이 쳐들어왔답니다. 벌써 궁궐 앞까지 갔다는구먼요. 계백은 황산벌에서 전사했고, 왕은 도망쳤다는구먼요. 인제 이 나라는 망했소."

'아!'

천왕 입에서 짧은 탄성이 새어 나왔다. 며칠 전 저자에 갔을 때 들은 소리가 있었다. 십수만의 당나라 군대가 수로를 향해, 수만의 신라군은 육로로 진격 중이라는 소식이었다. 예상했던 일이지만, 덜컥 겁이 났다. 백제가 멸망하면 신라와 당의 지배를 받을 테고, 그렇게 되면 집안 대대로 이어오던 가마터는 어쩌란 말인가. 또 어린아이들은 어떻게 될 건가. 머릿속은 하얘졌고, 눈앞은 새까매졌다.

천왕은 봉이 돌아간 뒤에도 좀체 잠을 이루지 못했다. 이리저리 계속 뒤척였다. 서 씨가 무슨 일이냐고 물었지만, 대꾸하지 않았다. 그는 이따금 끙끙거리는 신음을 내다 새벽녘에야 겨우 잠들었다. 아침에 눈을 떴을 때, 세상은 이미 바뀌었다. 드디어 신라군이 백제 왕궁에 다다랐다.

적군은 성안으로 수천 발이 넘는 불화살을 쏘아댔다. 성안에는 불길과 연기가 치솟았다. 여기저기서 신음과 비명에 아수라장이 됐다. 궁 안에 있던 병력은 결사 항전했지만, 파죽지세로 몰아친 신라군을 막아낼 순 없었다. 친위대는 한 식경도 지나지 않아 전멸했다.

왕의 출궁 소식을 뒤늦게 들은 궁녀들은 혼비백산해 도망치기 시작했다. 하지만 친위대가 금방 무너지는 바람에 멀리 달아나지 못했다. 성 근처 산에 피신했던 궁녀들은 신라군이 압박해오자 결단을 내렸다. 치마를 뒤집어쓰고 벼랑 아래로 하나둘 몸을 던졌다. 꽃잎이 떨어지듯, 분분한 낙화처럼.

도망갔던 왕과 일행은 심복의 배신으로 신라군에게 잡혔다. 그리고 신라 왕 앞에 무릎을 꿇고 술잔을 올리는 굴욕을 당했다. 이후 왕과 일족은 당나라로 추방당했고, 이국땅에서 생을 마쳤다.

왕이 어떻게 죽었는지는 정확히 알 수 없다. 백제 멸망 배경에도 여러 가지 설이 있지만, 그 역시 정확한 기록은 없다. 어쨌든 고구려, 신라와 삼국시대를 열었던 백제는 맨 먼저 멸滅했다. 700년 역사에 마침표를 찍었다.

*

당나라군과 동맹한 신라군은 전투 시작 열흘 만에 백제 사비성을 함락했다. 전쟁 통에 수많은 군사와 백성이 목숨을 잃거나 포로로 잡혔다. 생존자 중 일부는 고구려나 신라로 떠났다. 백제 땅에 남은 백성들은 당나라에서 보낸 관리들의 지배를 받았다.

당은 도독부를 설치해 통치에 나섰다. 다행히 관리들은 백제인들을 무력으로 탄압하지 않았다. 그렇다고 해서 민심이 순응한 건 아니었다. 외세의 지배를 받는다는 건 백제인으로서는 치욕스러운 일이었기 때문이다. 백제 땅에서는 한 동안 '부흥 운동'이 벌어졌다. 부흥군 지도부는 왜국에 망명해 있던 왕자를 데려와 왕으로 세웠다. 즉위식은 왜국 왕에게 책봉을 받는 형식으로 치러졌다. 모욕적인 즉위식을 바라보던 부흥군 장수들은 하염없이 눈물만 흘렸다. 왜의 지원을 받으려면 어쩔 수 없이 감수할 일이었다.

그 시기 마천왕은 가족들과 함께 남하했다. 가마터에서 일하던 도공과 일꾼들도 행수인 그를 따랐다. 그들이 이주한 지역은 바다를 끼고 있는 '장천長川'이란 곳이었다. 장천은 당시 백제 유민들이 대거 정착했다. 천왕은 그곳에서 새로운 가마를 지었고, 그릇과 찻잔, 항아리와 옹기 따위를 구웠다. 그동안 살던 곳에는 못 미쳤지만, 기물을 만들기에는 적합한 환경이었다. 기물을 생산하려면 환경적인 요인이 크게 작용한다. 양질의 흙과 물, 땔감, 판로가 필수적인데, 장천은 그 모든 걸 충족한 지역이었다.

월과 성도 이사 온 동네가 마음에 들었다. 동네 어귀에는 시냇물이 흘렀고, 참붕어와 모래무지, 메기, 버들치, 다슬기, 가재가 천지였다. 높다란 산들이 서로를 껴안듯이 솟아 있었고, 숲속 나무들은 빽빽하고 울창했다. 산에는 토끼며,

노루며, 꿩 같은 사냥감도 널렸다.

"오라버니, 오늘은 무얼 잡으러 갈까?"

"어제 산에 놓은 올무에 어떤 놈이 걸렸나 가볼까?"

"아, 그렇지! 얼른 가요, 얼른."

둘은 동구 밖으로 나가 산등성이를 향해 달렸다. 양털 구름이 유유히 흘렀고, 가마터에서는 하얀 연기가 바람을 타고 피어올랐다. 새 가마터에서 첫 기물이 나올 시간이 다가왔다.

*

천왕은 도공 셋과 회의 중이었다. 곧 기물이 나오면 팔아야 할 거래처를 찾아야 했다. 장천은 바다를 끼고 있어 지리적으로 수출에 유리했다. 왜국에 판로를 마련한다면 목돈을 쥘 수 있을 거란 생각이 들었다. 문제는 판로 개척을 어떻게 하느냐였다.

우선 왜국 상인들을 설득해야 했고, 현지를 오가며 판매 상황과 분위기도 살펴야 했다. 경우에 따라선 현지에 가마터를 세워 공급망을 구축해야 할 수도 있었다. 그런데 그 일을 누구에게 맡기느냐를 두고 천왕과 도공들은 고민에 빠졌다.

천왕이 어렵게 말문을 열었다.

"내가 왜국에 다녀오는 게 어떨까 싶네."

"행수께서 직접이요?"

"그렇지 않고선, 지금 이 시국에 누가 선뜻 가려고 하겠는가. 게다가 왜국 말을 할 줄 아는 사람도 없지 않은가."

천왕은 어려서부터 왜국어에 능통했다. 저자에서 구해온 서적을 밤마다 틈틈이 읽었다. 하지만 그동안 왜인을 만날 기회는 없었다. 그래서 그들과 직접 만나 유창하게 대화할 자신은 없었다. 하지만 선택의 여지는 없어 보였다. 그는 직접 가기로 결심했다.

"행수가 안 계시면 여기 가마터는 어쩌고요."

"자네들이 있지 않은가. 달포면 될 걸세."

도공들은 고집 세기로 유명한 그를 말리지 못한다는 걸 잘 알고 있었다. 그들은 문지방에 걸터앉아 어린애 손바닥만 한 찰흙을 주물렀다 폈다 할 뿐이었다. 회의는 그렇게 끝났다. 천왕은 곧바로 떠날 채비를 꾸렸다. 부인 서 씨는 남편이 신고갈 짚신과 옷 보따리를 넣은 봇짐을 챙겼다. 그사이 산에 갔던 아이들이 돌아왔다. 월의 손에는 토끼 한 마리가 들려 있었고, 성은 신이 나서 싱글벙글했다.

"아부지, 엄니! 어서 나와 보셔요. 제법 큰 놈을 잡았지 뭐요. 호호호."

성의 부름에 천왕과 서 씨가 밖으로 나왔다. 잡힌 토끼는 얼마나 발버둥을 쳤나 기진해 있었다.

"저녁에 장을 끓이면 되겠구나. 아버지 떠나는 길에 보신이나 시켜드리자꾸나."

서 씨가 월의 손에 든 토끼의 귀를 건네 쥐며 말했다. 아이들은 갑작스러운 통보에 깜짝 놀랐다.

"아버지가 떠나다뇨? 그게 무슨 말씀이에요? 어디로요?"

성이 천왕을 바라보며 다그치듯 물었다.

"가마터를 살리려면 어쩔 수 없다. 얼마 걸리지 않을 거다. 금방 돌아올 거다."

천왕은 딸의 어깨를 가볍게 두드리며 안심시켰다. 월과 성은 천왕이 토끼를 손질하는 동안 서 씨로부터 자초지종을 전해 들었다. 두 아이 역시 아비의 성정을 알고 있었기에 말릴 순 없었다. 그저 무탈하게 다녀오기만 해달라고 천지신명께 빌 뿐.

다음 날 새벽, 괴나리봇짐을 맨 마흔 넘은 천왕은 장천만으로 향했다. 만灣은 크지 않았다. 목선 한두 대가 겨우 드

나들 정도였다. 왜로 가는 배 한 척이 정박해 있었다. 뱃전에는 이른 아침부터 왜에서 온 물건과 가져갈 물건을 꺼내고 싣는 일꾼과 상인들로 붐볐다. 나루에는 배에서 내린 이들과 배를 타려는 이들이 관리에게 '역권'(지금의 여권)을 확인하는 통에 번잡했다.

바다는 잠잠했다. 천왕은 주머니에서 역권을 꺼내 관리에게 보였고, 관리는 얼굴도 쳐다보지 않은 채 안으로 들어가라고 손짓했다. 역권 검사를 하는 관리가 한 명뿐이라 타고 내리는 사람을 일일이 확인할 틈도, 겨를도 없었다. 무엇보다 왜국에서 돌아온 왕자가 왕위에 오르면서 백제인들이 왜를 왕래하는 데 제약이 없었다. 이윽고 화물과 승객을 모두 태운 배가 미끄러지듯 만을 빠져나갔다.

천왕은 갑판에 올라 가마터 쪽을 쳐다봤다. 가마터 사람들과 가족들이 눈앞에 어른거렸다.

'부디, 다시 돌아올 때까지 모두 무탈하게 해 주소서!'

그는 바다 용왕에게 빌고 또 빌었다. 연안에는 갈매기 떼가 끼룩거리며 날았고, 이름 모를 작은 물고기들이 이따금 물 위로 툭툭 튀어 올랐다. 아침 햇살에 반사된 물빛이 반짝거렸다.

장천을 출발한 배는 순항했다. 배가 물살을 가를 때마다 물이 양쪽으로 갈라지며 포말을 일으켰다. 하얀 포말은 푸른 바다와 제법 잘 어울렸다. 태어나서 처음 배를 타본 천왕이었다. 배가 나가는 속도에 따라 물줄기의 세기가 달라졌다. 천왕은 신기한 표정으로 배 아래를 한참 동안 내려다봤다.

그러나 얼마 못 가 메스꺼움과 어지럼증을 느꼈다. 속이 울렁거리더니 구역질이 나기 시작했다. 파도는 높지 않았지만, 오랫동안 배 밑을 보고 있던 탓이었다. 천왕은 갑판 난간을 겨우 붙들었다. 그러고는 바다를 향해 욕 지기를 해댔다. 먹은 것이 없어 넘어오는 건 없었고, 왝왝거리는 소리와 걸쭉한 침만 줄줄 흐를 따름이었다. 눈에 눈물이 고였다. 기력이 달린 천왕은 그대로 갑판 위에 벌러덩 드러누웠다. 하늘을 바라보고 두 팔을 벌린 채. 마치 바다를 뒤집어 놓은 듯, 푸른색 하늘에 포말 같은 흰 구름이 배가 지나가는 방향대로 따라 흘렀다. 천왕은 숨을 크게 내쉬며 성난 속을 달랬다. 이틀 밤낮을 항해한 배는 사흘째 되던 날 오후 왜 항에 닿았다.

왜 항은 광활했다. 장천만 보다 몇 배가 큰 규모였다. 장천만에서 보던 갈매기를 왜 항에서도 볼 수 있어 반가웠다. 천왕은 승객들을 따라 배에서 내렸다. 고향을 떠난 것도 처음이지만, 이국땅을 밟아보기도 난생처음이었다. 그는 왜국 땅에 무사히 도착했다는 사실에 안도의 숨을 내쉬었다.

항구 주변은 꽤 소란스러웠다. 상인들은 하역을 마친 물품들을 나귀가 끄는 수레에 실어 나르고 있었다. 기모노와 유카타를 입은 왜인들이 바삐 움직였다. 일꾼을 여럿 끌고 다니는 남성도 있고, 하인이 끄는 말을 타고 가는 고고한 여성도 있었다. 아이들은 정신없이 내달렸다. 천왕은 어디로 가야 할지 난감했다. 마침 그의 눈에 식당 하나가 눈에 들어왔다. 간단히 요기하고, 가마소 위치도 물어볼 겸 들어갔다.

식당 안 손님들은 대개 왜인들이었으나, 천왕과 같은 배를 타고 온 백제인들도 더러 보였다. 그들은 천왕과 같은 말을 썼다. 왜국말과 백제말이 음식 냄새를 타고 뒤섞였다. 두 나라의 말은 물과 기름처럼 합쳐지지 못하고 빙빙 맴돌 따름이었다. 천왕은 국밥을 시켜 놓고 창가 쪽에 자리를 잡고 앉았다.

김이 모락모락 나는 국밥이 나왔다. 국밥 안에는 선지와 보리밥이 말아 있었다. 천왕은 수저로 국물부터 한술 떠 입 안으로 밀어 넣었다. 뜨거운 국물이 목구멍을 타고 넘어가자 가벼운 신음이 새어 나왔다. 뱃멀미로 사흘 내내 죽 한 그릇 제대로 먹지 못해 장이 꼬인 듯했다. 그래도 육지에서

먹는 첫 끼니는 그렇게 반가울 수 없었다. 천왕은 그렇게 왜
국에서 첫날을 맞았다.

꿈의 바닷길

천왕은 물어물어 왜국의 가마터를 찾아갔다. 돌가마 두
개가 있었는데, 거기서 나온 그릇이나 옹기는 볼품없었다.
그저 밥을 담아 먹고, 물을 담아 마시고, 물건을 담는 용도
였다. 천왕은 왜국에서 만든 기물이 겨우 이 정도인가, 하면
서도 속으로 쾌재를 불렀다.

'그래, 우리가 만든 물건이 결국은 통하고 말 것이야.'

천왕은 가마소 행수를 만났다. 키는 땅딸막했고, 몸집도
왜소했다. 변발인 '츤마게'에 'ㅠ'자형 나막신을 신었다. 얼굴
과 팔다리 곳곳에는 상처투성이였다. 가마를 굽는 동안 데
인 흔적이었으리라. 천왕은 봇짐을 열어 장천 가마터에서
가져온 기물을 몇 개 꺼내놓았다. 밥그릇과 다기 종류였다.
행수 눈이 순간 동그래졌다. '세상에 이런 물건이 있다니' 하
는 표정이었다. 다기 받침을 볼 때는 경탄을 금치 못했다.
그는 '스고이, 스고이'를 연발하며 감탄했다. 가마소 행수 이
름은 '나카무라'였다.

천왕은 그에게 거래를 제안했다. 장천에서 만든 기물을

왜국에서 팔리는 금액에 공급해 주겠다는 것이다. 나카무라는 선뜻 이해하지 못했다. 실용성과 예술성 등 다방면에 우수한 기물을 같은 값에 넘기겠다니. 낯선 이방인이 사기를 치는 것 아닌가 의심이 들었다. 하지만 그는 천왕의 성정이 누구를 속이거나 함부로 대할 이가 아님을 금방 알아차렸다. 나카무라는 천왕의 순수한 눈빛을 신뢰했다. 첫 거래는 어렵지 않게 성사됐다. 장천에서 구워낸 기물은 매달 초하루, 배를 통해 왜국으로 보내기로 했다.

1년 동안은 천왕이 일꾼들과 함께 물건을 전달하고 삯을 받기로 했다. 천왕은 계약서를 쓴 종이를 봇짐에 조심스럽게 접어 넣었다. 그리고 다음 날 들뜬 마음으로 부둣가로 향했다. 어서 가서 기쁜 소식을 가마터 사람들과 가족들에게 알리고 싶었다. 천왕은 장천에서 타고 온 목선을 타고 다시 장천으로 돌아왔다. 보름 전 장천만을 떠날 때 본 갈매기 떼가 높게 날며 끼룩거렸다. 배에서 내린 천왕은 크게 숨을 들이마셨다. 바다 물비린내와 생선 비린내가 뒤섞여 코를 찔렀다. 그 냄새를 맡자 비로소 숨통이 트이는 것 같았다.

"행수 오셨소. 낯빛에 생기가 도는 것이, 어째 갔던 일이 잘된 모양인 갑소?"

"아, 이 사람아. 그럼 우리 행수가 어떤 사람인데. 암것도 못 건질 거 같으면 그 먼 데를 혼자 갔을까."

가마터 일꾼들은 천왕이 빙그레 웃는 걸 보면서 한껏 기대에 부풀었다. 천왕은 왜국에서 본 것과 먹은 것과 만난 사람들의 이야기를 조곤조곤 풀어났다. 그다음 봇짐에서 거래 계약서를 꺼내 일꾼들 앞에 내놨다. 왜국어로 써진 글씨를 알아보는 이는 아무도 없었다. 천왕은 손으로 글자를 짚어 가며 내용을 설명했다. 행수의 첫 성과에 일꾼들 얼굴이 금세 환해졌다. 서 씨와 두 아이도 천왕을 존경 어린 눈빛으로 바라봤다.

행수가 돌아온 가마터에는 생기가 흘러넘쳤다. 이튿날부터 기물을 빚고, 빚은 기물을 굽느라 일꾼들이 부지런히 움직였다. 흙 채취부터 수비질(흙을 물속에 넣고 휘저어 이물질을 없애는 일), 흙 밟기, 성형을 만들고, 굽을 깎고, 가마에 장작을 넣는 과정과 역할은 분업이었다. 일꾼들의 이마와 얼굴에 땀이 송골송골 맺혔다. 그래도 한결같이 힘든 기색은 없었다. 패망한 나라에서 적어도 삶의 목표라는 게 생겼기 때문이리라.

월과 성이 아버지와 일꾼을 돕기 시작한 것도 그즈음이었다. 그들에게 가마터는 더 이상 놀이터가 아니었다. 천왕에게 왜 나라가 '꿈의 바닷길'이었다면, 두 아이에게 가마터는 새로운 '꿈의 터전'이었다. 다만 천왕과 두 아이, 그리고 가마터 일꾼들조차 앞으로 일어날 일은 꿈에도 상상하지 못했다.

날이 저물었다. 가마터에는 식은 연기가 희부옇게 퍼져 올랐다. 일꾼들은 집으로 돌아갔고, 종일 불덩이와 싸우며 더운 입김을 몰아쉬던 천왕과 가족들도 땀을 닦던 하얀 광목천을 목에 두르고 산에서 내려왔다. 하산길에 이름 모를 들꽃과 풀냄새가 기분 좋은 향기를 발산했다. 빽빽한 나무 사이로 서늘한 바람이 지나가며 더위를 식혔다. 부엉이와 소쩍새와 귀뚜라미는 뭐가 좋은지 밤새 노래했다. 녹지근한 피로가 몰려왔다. 천왕은 눈을 감았다. 모처럼 깊은 잠을 잤다. 그리고 기묘한 꿈을 꿨다.

*

그는 어느 숲길을 걷고 있었다. 한 번도 본 적 없는. 장천의 숲길도, 떠나온 고향 마을 숲길도 아니었다. 얼마 전 다녀온 왜국의 숲길도 아니었다. 그러면 이곳은 어디인가. 천왕은 낯선 두려움과 설렘 속에 길을 따라 숲속으로 들어갔다. 숲 안쪽에서 꽃향기가 풍겨 나왔다. 이름 모를 새들이

지저귀고, 이름 모를 꽃과 나무가 빼곡했다. 냇물은 맑디맑았고, 물속에는 형형색색의 물고기가 꼬리를 살랑거리며 헤엄쳤다. 나무에 달린 열매에서는 단내가 풍겼다. 천왕은 색이 노랗고, 가지처럼 길쭉한 한 다발의 열매를 발견했다. 먹음직스러운 열매를 따 껍질을 벗겼다. 연두부처럼 말랑한 하얀 속살이 드러났다. 그는 망설임 없이 한입을 베어 물었다. 상큼하고, 달큼했다. 처음 먹어본 맛이었다.

'세상에! 이런 열매가 있었나.'

천왕은 경탄을 금치 못했다. 신비롭고 황홀한 맛에 반한 천왕은 남은 열매를 배낭에 주섬주섬 집어넣었다. '월이랑 성이랑 맛보면 깜짝 놀라겠지'라고 혼잣말하면서. 그는 좀 더 깊숙이 들어가 보기로 했다. 미지의 세계로 떠난 여행자 같았다.

가장 우거진 숲에 이르렀을 때, 그의 눈앞에 커다란 강이 나타났다. 배를 타고 건너지 않으면 건널 수 없을 정도로 드넓었다. 그때, 별안간 배 한 척이 떠내려왔다. 사공도 없이 내려온 배는 그의 발 앞에 다다라 멈췄다. 천왕은 냉큼 배에 올라탔다. 배는 스스로 움직였고, 잔잔한 물결을 가르며 반대편으로 쏜살같이 내달렸다. 속도가 어찌나 빠른지, 하마터면 물에 빠질 뻔했다. 천왕은 배 난간을 힘껏 잡고 버텼다. 무슨 영문인지 몰라 어리둥절하면서. 하지만 이미 올라 탄 배에서 내릴 순 없었다.

저 멀리 집채만 한 크기의 무리가 검푸른 등에서 물줄기를 뿜어내며 펄떡거렸다. 고래였다. 수십 마리가 장엄한 동작으로 힘차게 물살을 가르며 앞으로 나아갔다. 주변에는 물보라가 파도처럼 일었다. 알 수 없는 소리를 내며 몸을 비틀어 수면 위를 뛰어오르는 군무. 멀리서 보니 마치 하늘을 나는 듯했다. 물과 하늘의 경계를 구분하기 어려웠다. 천왕은 고래 떼 향연에 넋을 잃고 말았다.

고래들이 이동한 방향으로 섬 하나가 흐릿하게 보였다. 천왕은 오른손을 들어 눈가에 대고 거기가 어딘지 두리번거렸다. 눈은 가늘어졌고, 미간은 지그시 찌푸려 들었다. 낯선 섬이었다. 배는 섬 주변을 몇 번 빙빙 돌다 멈췄다. 배에서 내린 그는 섬 안으로 저벅저벅 걸어 들어갔다.

섬 안쪽에서 강 쪽으로 스산한 바람이 불어왔다. 천왕은 마른기침을 두어 번 했다. 인기척은 느껴지지 않았다. 그러다 갑자기 하늘이 어두컴컴해졌다. 순식간에 먹장구름이 몰려들었다. 번개가 섬광처럼 번쩍였다. 잠시 뒤 천둥과 벼락이 치며 장대비가 쏟아졌다. 천왕은 비를 피하고 싶었지만, 근처에는 나무 한 그루 보이지 않았다. 섬 뒤쪽에서는 거센 불길이 솟았다. '펑'하고 폭발 소리를 내면서. 시뻘건 불길은 하늘을 향해 맹렬히 솟구쳤다. 불길 속에는 깊은 땅속에 파묻혀 있던 돌과 나무와 바위가 섞여 날아올랐다. 화산재가 회색 구름처럼 하늘을 뒤덮었다. 천왕은 꼼짝도 할 수 없었다. 그때 커다란 불덩이가 천왕을 향해 빠른 속도로 날아왔다. 피하고 싶었지만, 다리가 땅에 붙었는지 옴짝달싹할 수 없었다. 불덩이가 눈앞까지 다가왔을 때, 천왕은 심장이 멎는 듯했다.

"으악! 안돼!"

잠에서 깬 천왕의 옷은 땀으로 흠뻑 젖어 있었다.

"휴, 꿈이었구나."

천왕은 긴 한숨을 내쉬었다. 옆에서 자던 서 씨가 놀라 일어나 남편의 안색을 살폈다.

"괜찮아요? 대체 무슨 꿈이 그리 요란하대요."

천왕은 말없이 자리끼를 벌컥벌컥 들이켰다. 그러고는 아무 일도 없었다는 듯 다시 자리에 누웠다. 한 번 깬 잠은 다시 오지 않았다. 그의 머릿속에는 꿈속의 장면이 생생하게 맴돌았다. 단꿈은 기어이 악몽으로 끝났다. 얼마 뒤 새벽을 알리는 닭 울음소리가 들렸다. 천왕은 자리에서 일어나 땀에 젖은 옷을 갈아입고 밖으로 나갔다. 문밖에는 밤새 내린 비바람에 솥이며 요강이며, 바가지며, 가마 도구들이 여기저기 나뒹굴었다.

*

천왕은 배가 들어오는 물때를 기다렸다. 비바람과 폭풍우가 몰아친 끝에 한동안 배가 뜨지 못했다. 이번에 왜국에 가면 가마터로 쓸 만한 장소 몇 군데를 둘러볼 참이었다. 장천에서 기물을 만들어 왜국에 보내는 일이 여간 까다로운 게 아니었다. 물건을 만드는 일이야 문제가 없었지만, 배에 실어 왜국으로 보내는 게 순탄치 않았다. 선적과 하역 작업에 필요한 인력을 별도로 선발해야 했고, 노임도 만만치 않았기 때문이다.

역권을 검사하는 장천만과 왜국 항구의 관리들에게도 친분 유지를 위해 얼마간의 돈을 쥐여주어야 했다. 게다가 파도가 높으면 일주일이고, 열흘이고 배가 뜨지 못했다. 그래서 천왕은 아예 왜국에 가마를 지어야겠다고 결심했다. 현지에서 직접 생산하면 불필요한 품과 삯을 들지 않을 거라 판단했다. 천왕은 도공 두 명과 함께 길을 떠나기로 했다. 그의 두 번째 왜국 방문길이었다.

장천만을 출발한 배는 닷새 만에 왜 항에 닿았다. 첫 뱃길 때는 사흘이 걸렸지만, 이번에는 파도가 높고, 물결이 세차게 이는 통에 속도를 낼 수 없었다. 다행히 천왕은 이번에는 뱃멀미하지 않았다. 싸 가져간 밥과 찬도 배 안에서 먹을 정도로 편안했다. 반면 그를 따라나선 도공들은 처음 타 본 배 안에서 심한 뱃멀미를 했다. 그들이 뱃전을 부여잡고 고래고래 토악질하는 모습을 본 천왕은 몇 달 전 자신이 겪은 일이 떠올랐다. 갑자기 그도 멀미가 올라오는 것 같았다. 얼른 고개를 반대편으로 돌리고 벌렁거리는 가슴을 쓸어내렸다. 저 멀리, 왜 항이 보였다.

항구에 도착한 천왕 일행은 국밥으로 요기를 마치고 가마소를 찾았다. 나카무라의 가마소는 활기가 넘쳤다. 천왕이 보내온 기물이 선풍적인 인기를 끌었기 때문이다. 고관대작 집부터 기생들이 있는 유곽까지 그의 기물은 들어오기 무섭게 팔렸다. 사전 예약까지 받아야 할 정도로 경쟁이 치열했다. 나카무라는 매출이 늘어난 것에 기뻤지만, 한편으로는 걱정도 만만치 않았다. 기존에 가마터에서 만든 기물들이 팔려나가지 않았기 때문이다. 저잣거리 상인이나 서민들이 주 고객층이었는데, 신상품이 들어오면서 반토막 났다. 더구나 천왕이 완성품을 만들어 보내니 일꾼도 대폭 줄여야

했다. 나카무라가 그런 근심과 걱정을 하고 있을 즈음 천왕 일행이 가마터에 당도했다.

천왕은 나카무라의 안색부터 살폈다. 어딘가 그늘진 모습이 보였다.

"나카무라상, 갑작스럽게 찾아와서 미안합니다. 논의가 필요한 일이 생겨서 왔습니다."

나카무라는 예고 없이 찾아온 천왕 일행이 당황스러웠다. 별채로 들어간 천왕 일행과 나카무라는 차 한잔을 앞에 두고 둥그렇게 마주 앉았다. 나카무라는 덕분에 매출이 많이 늘었다며 천왕에게 고마움을 표시했다. 천왕은 일어나 허리를 숙여 나카무라에게 인사했다.

"덕분에 저희 장천 가마터에도 생기가 돌고, 활력이 생겼습니다."

나카무라는 목례로 화답하며 고개를 끄덕였다. 별채 안에는 화기애애한 분위기가 돌았고, 가마터에는 일행들이 가져온 장천의 기물들이 한쪽에 쌓였다.

"오호! 스고이, 스고이."

"기레이."

나카무라 가마소 도공들과 일꾼들이 자루에서 나오는 기물들을 보며 연신 탄성을 질렀다.

동업

천왕은 주변을 물리고 나카무라 행수와 독대했다. 그리고 이번 방문의 목적을 밝혔다. 가마소 주변에 직접 가마를 짓고 싶다는 뜻을 전했을 때, 나카무라의 눈동자는 심하게 흔들렸다.

'상도덕이란 게 있는데, 어찌 내 가마터 주변에 새 가마터를 지으려는가!'

나카무라는 상심했다. 그래도 천왕의 말을 더 들어보기로 했다.

"나카무라 행수! 우리 백제인들이 직접 여기서 기물을 만들면 지금보다 이문이 더 남을 겁니다. 운반비부터 인건비까지, 저나 행수에게 절대 손해 볼 일은 없습니다."

천왕은 장담했다. 나카무라는 넌지시 그의 눈빛을 살폈다. 천왕의 눈은 맑게 빛났다. 첫날 가마소에 찾아왔을 때처럼. 한여름 햇살만큼 강렬했고, 가을바람보다 깊었다. 누가 들어도 신뢰할 수밖에 없는 당당한 어조를 갖췄다. 특유의 겸손한 태도까지 어느 하나 흠잡을 곳 없는 사내였다. 천왕의 사업 구상을 들은 나카무라가 어렵게 말을 꺼냈다.

"실은, 여기 인력이 과할 만큼 넘칩니다. 행수께서 보내온 물건이 워낙 좋으니, 다들 그것만 찾지 뭡니까. 여기서 만든 물건은 상대적으로 생산량을 늘릴 수 없으니, 남는 인력을 어찌해야 할지 모르겠소. 그렇다고 이제껏 동고동락한 일꾼들을 비정하게 내칠 수도 없는 노릇이고….""

천왕은 수심이 가득한 나카무라를 바라보며 생글생글 웃었다. 진지한 말끝에 비웃음이 섞인 것처럼 보였는지 나카무라는 다소 불쾌했다.

"아, 기분이 언짢으셨다면 용서하십시오. 행수를 조롱하려는 의도는 전혀 아니었소. 다만, 내게 좋은 수가 있소."

나카무라의 낯빛이 달라졌다.

"좋은 수가 있다니? 대체 그게 무슨 방법이오?"

"여기서 남는 인력을 새로운 가마터로 보내는 거요. 어차피 장천에서도 많은 인력을 데려오진 못할 테고, 여기 말을 할 줄 아는 이도 필요합니다. 그간 가마터에서 일한 경험도 있으니 기술도 빨리 익힐 것이고. 행수님 고민도 자연스럽게 해결할 수 있으니, 어떻습니까?"

그제야 나카무라의 표정이 밝아졌다.

"자네 머릿속에는 무엇이 들었길래 그런 신통방통한 생

각을 다 한단 말이오. 정말 존경스럽소. 좋소! 내 당신의 제안을 받아들이리다."

나카무라는 자신의 가마소 주변에 천왕의 가마터를 알아보기로 했다. 그리고 새 가마터가 지어지면 자신이 데리고 있던 일꾼 다섯 명을 보내기로 했다. 대신 천왕은 새 가마터에서 만든 기물 판매량의 절반을 나카무라에게 주기로 약속했다. 또 하나, 새 가마터 이름은 '나카무라 가마소 2호점'이라고 지었다. 나카무라와 천왕은 사실상 동업同業을 시작한 셈이다. 천왕은 왜국에 자신이 직접 만든 가마터를 운영하리라는 부푼 꿈에 설렜다. 천왕 일행은 이틀을 묵은 뒤 들뜬 기분으로 귀국했다.

*

장천으로 돌아온 천왕은 '나카무라 가마소 2호점' 개점 준비를 서둘렀다. 우선 그곳에서 일할 도공과 일꾼을 선발하는 게 급선무였다. 그러나 누구도 선뜻 나서지 않았다. 이국 땅에 대한 막연한 불안함 때문이었다. 아무리 나고 자란 나라가 망했다곤 해도, 왜국 땅에서 새로운 삶을 시작한다는 건 결코 쉬운 결단이 아니었다.

"여러분, 여러분 심정이 어떤지는 저도 잘 압니다. 하지만 우리가 평생 그곳에서 살진 않을 겁니다. 도저히 적응하지 못하고, 돌아오고 싶은 분들은 언제든 돌아올 수 있습니다. 처음 몇 년 동안 정착에 필요한 인력이 필요한 겁니다. 현지인들에게 기술을 전파하고, 그들이 숙달할 시점이 되면 완전히 넘기고 우리는 다시 돌아올 겁니다."

봉이 손을 들어 물었다.

"한, 3년이면 되려나요?"

"그 정도면 충분할 거요."

"그럼 난 따라가겠소."

봉이 제일 먼저 합류했다.

다음으로 미혼인 도공들이 합세했다.

"우리야 처자식도 없는데, 여기 있으나 거기 있으나 다를 바 없소. 돈만 많이 벌 수 있다면야."

"돈은 여기보다 더 벌 수 있을 거요."

천왕은 활짝 웃으면서 떠날 인력을 모았다. 도공 둘에 일꾼이 넷이었는데, 그만하면 족했다. 현지에서도 인력을 수급받기로 했으니.

"그럼 행수는 어떻게 할 거요? 여기 있을 거요, 같이 왜국으로 갈 거요?"

"난, 일단 왜국에 함께 가야 하지 않겠소. 가마를 짓고, 자리를 잡으려면 아무래도 1~2년은 있어야 하지 않겠소?"

천왕이 왜국에서 몇 년을 체류한다는 소식에 가마터 사람들 표정이 어두워졌다. 그의 가족들 마음도 매한가지였다. 그렇다고 누군가 구심점은 있어야 하기에 천왕만 빼고 나머지 인력만 왜국으로 보낼 순 없는 노릇이었다.

"아버지, 저도 같이 갈래요."

성이 난데없이 무리 앞으로 나섰다. 주변 사람들 모두 그녀의 돌발행동에 깜짝 놀랐다. 그녀는 올해 열네 살이었다. 가마터에서 3년을 일했고, 여느 도공만큼 솜씨도 빼어났다. 하지만 천왕은 하나뿐인 딸을 왜국에 데려가기를 주저했다.

"성아, 넌 아직 어려. 여기서 더 기술을 배워야 해."

그러나 성 역시 아버지를 쏙 빼닮아 황소고집이었다. 누구도 그녀의 고집을 꺾지 못했다. 결국 성은 아버지를 따라 왜국에 가기로 했다. 천왕으로서도 친딸을 데려가면 가마터 행수로서 영이 설 수 있으리라고 믿었다. 장천의 가마터는 장남인 월이 맡기로 했다. 부인 서 씨는 장천만에서 눈물 바람으로 딸을 배웅했다.

"성아, 너도 이제 철부지 어린애가 아니다. 행실과 몸가짐에 각별해야 한다. 아버지 말씀 잘 듣고, 부디 건강 하거라."

"아이고, 엄니! 걱정일랑 마세요. 죽으러 가는 것도 아닌데, 왜 이리 호들갑이래요."

천왕은 대범하게 배에 올라타는 성을 흐뭇하게 보며 아내에게 눈짓했다.

"우리 딸이 저렇게 컸소. 왜국에서는 내가 잘 보살필 테니, 임자는 여기 식구들이나 잘 챙겨주소."

"여기 걱정은 붙들어 매시오. 적어도 왜국만큼 말귀 못 알아먹는 사람도 없고, 물갈이할 일도 없으니. 이녁도 부디 몸조심하소."

배에 올라탄 일행은 배 아래에서 올려다보는 이들에게 손짓했고, 배 아래 사람들도 떠나는 이들을 향해 손을 흔들며 작별했다. 양쪽을 내려보는 하늘은 바람 한 점 없이 깨끗했다. 에메랄드빛 하늘에 양털 구름이 소리소문없이 지나고 있었다. 목선은 물살을 가르며 망망대해로 나아갔고, 갈매기 떼가 끼룩거리며 멀리까지 날았다.

달밤의 축제

항구에 도착한 천왕 일행은 나카무라 행수가 마련한 임시 거처에 머물렀다. 가마터 위치가 정해지면, 그 옆에 터를 잡아 세간을 들여놓을 숙소를 마련할 계획이었다. 천왕과 성, 함께 온 일행까지 여덟 명은 움막이나 다름없는 처소에 묵었다. 별채와 독채로 나뉘어 있어 그나마 다행이었다. 별채는 도공과 일꾼들이, 독채는 천왕 부녀가 각각 기거했다.

천왕 일행과 나카무라 가마소 일꾼들은 새 가마터와 보금자리를 짓는 데 주력했다. 새벽부터 저녁나절까지 고정 인력 스무 명이 구슬땀을 흘리며 흙과 모래를 나르고, 물을 길어 날랐다. 솜씨 좋은 목수들은 소나무로 기둥을 세웠고, 참나무 원목으로 방과 방 사이에 마루를 댔다. 도공들은 흙을 반죽해 벽을 만들어 가마를 꾸미는 데 심혈을 기울였다. 가마터는 석 달 만에 위용을 드러냈다. 길이가 10미터는 족히 넘는 가마를 세 개나 지었다. 천왕 일행이 머물 숙소도 그 무렵 공사를 마쳤다. 예상보다 빠른 완공에 나카무라는 혀를 내둘렀다.

"백제인들은 보면 볼수록 대단하오. 도깨비방망이도 아니고, 뚝딱뚝딱하면 모든 게 금방 만들어지니 고것 참….."

놀란 건 나카무라뿐만이 아니다. 천왕 역시 믿기지 않았다. 아무리 손재주가 좋고, 부지런하기로선 이렇게 빨리 일을 마칠 줄은 미처 몰랐기 때문이다. 엄청난 속도전에 소름이 돋을 정도였다.

천왕 일행은 새로 지은 가마터에서 고사를 지내기로 했다. 나카무라 행수가 2호점 개점을 축하하는 의미에서 꺼먹돼지를 잡았다. 돼지머리는 푹 삶아 고사상에 올렸다. 술과 과일도 푸짐하게 한 상 차려놓고 큰절을 올렸다. 그날 저녁은 모두가 흥겹게 어울려 춤을 추고 노래를 불렀다. 성은 아버지와 일꾼들이 기뻐하는 모습을 보며 덩달아 신이 났다. 열넷 소녀도 무리에 끼어 덩실덩실 팔을 휘저었다. 하늘에선 달이 차올랐다.

보름달이 뜬 이국異國의 밤하늘은 대낮처럼 밝았다. 천왕과 나카무라는 달을 바라보며 얼싸안고 아무렇게나 소리를 질렀다. 손에는 하나씩 술병이 들려 있었다. 그들은 밤새도록 먹고 마셨다. 가마터 뒷산에서 산새와 짐승들 우는 소리가 까마득하게 들렸다. 밤은 깊었고, 별 무리가 가을 밤하늘을 가득 채웠다.

성이 아침에 눈을 떴을 때, 아버지는 보이지 않았다.

'눈이라도 좀 붙이셨을까?'

그녀 역시 전날 혼이 나갈 정도로 먹고 마시고 뛴 바람에 언제 들어와 까무룩 잠들었는지 알 수 없었다. 희미하게 기억나는 건, 내려앉는 눈꺼풀을 이기지 못하기 직전, 아버지가 자신을 업고 방으로 들어와 눕혀준 장면, 그리고 폭신한 이불을 덮어주곤 슬며시 밖으로 나가던 뒷모습이 전부였다.

성은 일어나 주섬주섬 옷을 고쳐 입고 밖으로 나왔다. 대야에 물을 담아 찬물에 얼굴을 씻고서야 겨우 정신이 들었다. 젖은 머리를 매만지고 있을 때, 담장 너머로 봉이 지나가는 모습이 보였다.

"봉이 아재! 울 아버지 못 봤소?"

"응? 성이로구나. 행수님은 시방 가마터에서 일하고 있제."

"아, 정말요? 벌써?"

"벌써는 무슨, 해가 벌써 중천인디. 어제 부지런히 놀더니, 잘 잤냐?"

"아버지가 일어나서 일하러 나가고, 해가 중천에 뜰 때까지 잤으니 잘 잔 것 같소."

"하하하. 그래, 자고로 클 적에는 잠을 잘 자야 하는 법이
지."

"다들 시장할 텐데 얼른 쌀 안쳐 놓을게요."

"그려, 행수랑 아재들 데리고 올 테니 천천히 준비하거
라."

봉이 가마터로 향하는 걸 물끄러미 바라보던 성은 재빨리
가마솥에 물을 붓고 장작불을 땠다. 그런 다음 보리쌀 닷 되
와 콩 서 되를 씻어 부었다. 그러고는 채소를 다듬었다. 시
금치와 섬초를 무치고, 콩나물과 푸성귀, 된장을 넣고 국을
끓였다. 구수한 장 냄새가 바람을 타고 가마터까지 퍼져나
갔다. 일꾼들 배에서는 꼬르륵 소리가 났고, 천왕은 식食 때
가 됐음을 알아차렸다.

성은 산비탈에서 얼굴이 빨갛게 익은 아버지와 일꾼들이
땀을 뻘뻘 흘리며 내려오는 모습을 발견했다. 서둘러 밥상
을 차렸다. 일꾼들은 시뻘건 불구덩이에 장작을 넣고 빼기
를 반복한 통에 얼굴이 녹아버릴 지경이었다. 땀이 쉬지 않
고 흘렀고, 그때마다 마른 천으로 연신 훔쳤다. 집으로 내려
온 이들은 우물가에 삼삼오오 모여 등목을 시작했다.

"어이구, 시원하다! 맘속까지 다 후련하구먼."

열기를 식힌 일꾼들은 두레 바가지에 물을 담아 머리와 몸통 여기저기에 쏟아부으며 장난을 쳤다.

"아재들! 어린애만큼 장난질 그만하고 얼른 와서 식사들 하소."

성의 호통에 일꾼들은 실실 웃으면서 툇마루에 올라 둘러 앉았다. 가을 햇살에 잘 익은 풋고추는 고추장에 찍어 먹고, 애호박은 얇게 썰어 들기름에 볶았다. 찐 옥수수에서는 허 연 김이 올라왔다. 군침만 삼키던 일꾼들은 행수가 수저를 들자 기다렸다는 듯이 달려들었다. 산골 밥상은 푸짐했다. 사람들은 볼이 미어지도록 욱여넣고, 척하니 엄지를 추켜세 웠다. 성은 부산을 떨며 차린 음식을 맛있게 먹는 사람들을 보니 어깨가 으쓱했다. 아버지는 소녀에서 처녀로 성장하는 딸을 보며 만감이 교차했다. 든든하기도 하고, 고맙기도 하 고, 애처롭기도 했다. 성은 그런 부정父情을 아는 모르는지 연신 아재들과 웃고 떠들기 바빴다. 구수한 밥 냄새가 산맥 들 사이로 풍겼다.

폭풍우

그들이 식사를 막 마칠 무렵, 가마터에서 첫 기물이 나왔다는 소식이 전해졌다. 저마다 먹던 밥을 두고 가마터로 올라갔다. 들뜬 마음을 감추지 못한 채. 그러나 설렘과 기대는 곧바로 실망과 허탈로 돌아왔다. 기물의 상태가 영 볼품없었기 때문이다. 나카무라 가마소에서 생산되는 기물과 별반 차이 없었다. 천왕은 자리에 털썩 주저앉았다. 먹은 밥이 거꾸로 올라오는 듯했다.

'왜 이런가? 대체 무엇이 잘못됐단 말인가?'

도공과 일꾼들도 넋을 잃고 망연자실했다. 기물을 유심히 살피던 봉이 말했다.

"혹시, 흙 때문 아녀? 수비질할 때 느꼈지만, 여기 흙이 우리 땅이랑 달라. 기물은 흙이 젤로 중한데 말이여."

천왕은 봉이 말에 정곡을 찔린 듯 움찔했다.

'그래 맞아, 그거였다. 미처 그걸 깨닫지 못했구나!'

봉이 말에 누구도 토를 달지 못했다. 그것은 무언의 동의였다. 천왕은 자리에서 일어나 가마에서 막 구워 나온 기물들을 돌로 내리쳐 깼다. 그건 자신을 향한 분노였다. 기물은 산산이 조각났고, 파편은 여기저기로 튀었다. 그의 손은 깨진 기물에 베어 피가 흘렀다. 옆에서 그 광경을 지켜보던 도공들이 뜯어말렸지만, 천왕은 멈추지 않았다. 눈물을 흘리며 악다구니를 썼다. 그것은 동료들을 향한 미안함이었다.

한참을 주저앉아있던 천왕이 자리에서 일어나 가마터 한쪽에 걸터앉았다. 봉이 다가와 앉아 등을 두드렸다.

"마 행수 잘못이 아니오. 우리가 진즉에 알았어야 했는디. 다 같이 잘못한 거요."

봉이 말에 천왕의 눈가에 멈췄던 눈물이 뺨을 타고 주르륵 흘러내렸다.

"하늘이 무너져도 솟아날 구멍 하나 없겠소. 너무 자책하지 말더라고요."

천왕과 일꾼들은 가마터를 정리하고 터덜터덜 걸어 집으로 돌아왔다. 첫 기물이 나왔다는 소식을 들은 나카무라는 가마터에 갔다가 아무도 없는 걸 확인하고 고개를 갸웃거렸다. 그러다 가마터 한쪽에 깨진 기물 조각들을 발견했다.

'실패한 모양이구나!'

나카무라는 그 길로 곧장 천왕 일행이 묵고 있는 집으로 내려갔다.

"마 행수, 안에 있는가?"

방에 있던 사람들은 나카무라가 부르는 소리에 다들 밖으로 나왔다. 문 열린 방 안에서 천왕은 나카무라에게 들어오라고 손짓했다. 나카무라는 성과 일꾼들에게 얼마간의 돈을 쥐여주곤 주막에 가서 요기라도 하고 오라고 했다. 주변을 물린 두 사람은 방 안에서 대면했다.

"미안하오. 내 미천한 실력을 새삼 깨달았소. 뭐라 할 말이 없소."

의기소침한 천왕의 고백에 나카무라는 대수롭지 않다는 듯 빙긋 웃으며 말했다.

"마 행수. 난 지금 상황이 썩 나쁘진 않다고 보네. 생각해 보게. 자네가 처음 나를 찾아와 제안했을 때 내가 받아들인 이유가 뭐였겠나. 우리도 우리 땅의 흙으로는 그런 기물을 만들지 못한다는 사실을 알고 있었기 때문이네."

나카무라의 말을 들은 천왕은 천천히 고개를 들었다. 그리고 뭔가 떠오르는 듯 나카무라를 응시했다.

"그래, 그거요. 우리 땅에서 흙을 가져오면 되오. 그러면 여기서 얼마든지 멋지고 근사한 기물을 구워낼 수 있을 것이요."

나카무라는 천왕의 말에 고개를 끄덕였다. 장천의 흙을

자루에 담아 배에 실어 보내면 부두에서 받아다 기물을 만들면 된다는 거였다. 천왕은 천당과 지옥을 오간 기분이었다. 저녁 무렵 성과 동료들이 돌아왔을 때, 천왕은 나카무라와 나눈 이야기를 전했다. 그리고 날이 밝는 대로 장천에 다녀오기로 했다. 장천의 흙을 배편으로 정기 배송할 계획을 세우기 위해서다. 모처럼 장천의 식구들을 볼 수 있다는 생각에 천왕은 밤새 잠 못 이뤘다.

성은 윗목에서 아버지가 뒤척이는 이유를 알 것 같았지만, 내색하지 않았다. 아버지에게 자신도 같이 장천에 가고 싶다고 말하고 싶었다. 어머니와 오라버니 얼굴이 눈에 선했다. 당장이라도 보고 싶었다. 하지만 아버지의 빈자리를 메꿔야 했다. 일꾼들 끼니도 챙겨야 했다. 그래서 일부러 눈을 감고 자는 척했다. 부녀가 잠 못 이루는 사이 서서히 여명이 밝아오고 있었다.

*

날은 맑고 쾌청했다. 성은 부둣가에서 아버지를 배웅했다. 천왕은 가마터 식구들을 잘 챙기라고, 너도 몸조심하라고, 배에 오르면서도, 배에 올라서도 신신당부했다. 성은 걱정하지 말고 아버지나 잘 다녀오라며 배시시 웃었다. 가서, 어머니와 오라버니, 가마터 식구들에게 안부 전해 달라며 손을 흔들었다. 그렇게 딸은 아버지를 보냈고, 아버지는 딸을 떠나왔다. 배가 힘차게 물살을 가르며 바다를 향해 나아갔다. 성은 멀리 사라지는 배를 보면서 눈물을 글썽였다. 어쩌면 다시는 아버지를 만날 수 없을지도 모른다는 불길한 예감과 더불어. 그사이 천왕이 탄 배는 수평선 너머 한 점이 되었다가 이내 사라졌다.

갑판에 걸터앉아 저녁 바다를 보던 천왕은 만감이 교차했다. 백제가 멸한 뒤 고향을 떠나, 장천이란 곳에서 새롭게 터를 잡고, 왜국에서 가마터를 짓기까지 겪은 역경과 고난이 주마등처럼 눈앞을 스쳐 지나갔다. 가을바람이 쌀쌀해지면서 한기를 느낀 사람들이 하나둘 아래 칸으로 내려갔다. 천왕도 그들을 따라 내려가는데, 가랑비가 약하게 내렸다. 하늘을 보니 먹장구름이 몰려오고 있었다. 잔잔했던 바다에는 너울이 일렁였고, 그때마다 배는 좌우로 기우뚱거렸다.

얼마 안 지나 가늘게 내리던 비는 장대비로 바뀌었다. 굵은 빗줄기가 천왕이 탄 배에 퍼붓기 시작했다. 불어오는 파도와 강풍에 좀처럼 배가 전진하지 못하고 제자리에서 빙빙 돌았다. 바다 한가운데서 폭풍우가 몰아쳤다. 목선은 심하게 흔들렸고, 아래 칸에 있던 사람들은 몸을 가누지 못하고 이리저리 비틀거렸다. 아이를 안은 어미는 기둥을 꼭 끌어안고 있었고, 멀미가 난 사람들은 바닥 아무 데나 토악질했다. 나이 든 노인들은 힘없이 쓰러졌다. 곳곳에서 터져 나오는 신음과 비명에 배 안은 순식간에 혼란스러워졌다. 천왕은 두려웠다. 예사 바람과 폭풍우가 아님을 직감했기 때문이리라. 그때 갑판 위에서 선원으로 보이는 누군가 다급하게 소리쳤다.

"배에 물이 들어온다, 배에 물이 차고 있어."

사람들은 어쩔 줄 몰랐다. 겁에 질린 아이들 울음소리까지 섞이며 배는 아비규환의 공포에 휩싸였다. 성난 파도는 배를 집어삼킬 듯이 사납게 달려들었다. 갑판으로 들이친 바닷물이 서서히 아래 칸으로 흘러 들어오기 시작했다. 사람들은 우르르 뛰쳐나가 쳐들어오는 물을 막고, 이미 들어온 물은 빼느라 안간힘을 썼다. 하지만 거세게 부는 바람에 제대로 서 있기조차 힘들었다. 그때 선원 하나가 강풍에 날아가 바다에 빠졌다. 동료 선원들이 건지려고 애를 썼지만, 억수같이 쏟아지는 빗줄기에 바닥은 몹시 미끄러웠다. 딱히 사람을 끄집어낼 도구조차 변변치 않았다. 선원들은 바닥에 엎드려 물에 손을 뻗어 봤지만, 닿기는커녕 점점 더 멀리 떠

내려갔다.

물에 빠진 선원은 수면 위아래를 몇 번 오르내리더니 높은 파도 속에 자취를 감췄다. 설상가상으로 흔들리던 배는 암초에 부딪혔다. 그 바람에 목선 하부가 파손됐고, 사람들이 모여있는 아래 칸으로 물이 쏟아져 들어왔다. 부서진 곳은 물살을 견디지 못해 더 벌어졌고, 그 틈으로 바닷물은 더 세차게 쳐들어왔다. 물에 잠긴 배는 서서히 가라앉기 시작했다. 바다는 칠흑같이 어두웠다.

천왕은 죽음을 예감했다. 배가 가라앉는 동안 왜국에 오기 전 꾸었던 꿈이 떠올랐다. 이름 모를 섬에서 겪었던, 화려한 고래 떼의 향연에 넋을 잃다가, 폭발한 화산에서 불구덩이가 날아와 아찔했던. 아, 그게 내 죽음을 암시했던 거였나! 천왕은 탄식했다. 하지만 상황을 반전시킬 순 없었다.

시야가 뿌예졌다. 그의 몸은 어느새 머리끝까지 물에 잠겼다. 희미해져 가는 의식 속에 눈이 감겼다. 장천의 아내와 아들, 이국땅에 두고 온 딸이 차례대로 떠올랐다. 장천 가마터와 왜 가마터 동료들의 얼굴이 하나둘 지나갔다. 환하게 웃던 나카무라 행수의 얼굴도 어른거리다 사라졌다. 배는 망망대해에서 흔적도 없이 침몰했다. 천왕도 배와 함께 침몰했다.

수십 명이 탄 배를 집어삼킨 바다는 서서히 진정됐고, 날이 밝으면서 고요를 되찾았다. 고요를 되찾은 바다에는 고래 떼가 펄떡거렸다. 물 위로 힘껏 솟구쳐 올라 등을 활 모양으로 구부린 다음 물속으로 들어가기를 반복했다. 녀석들은 숨을 들이쉬고 내쉴 때마다 숨구멍에서 분수 같은 물줄기가 뿜어져 나왔다.

고래 떼는 장천만 앞까지 다가가 알 수 없는 소리를 내면서 사람들을 끌어모았다. 고래 떼 장관을 보며 넋을 잃었던 사람들은 뭔가 모를 스산함에 소름이 돋았다. 며칠 뒤 장천만 부둣가 근처에 시체 수십 구가 떠밀려 왔다. 그중에는 천왕도 있었다. 형체를 알아보기 어려웠지만, 옷고름에 매달린 그릇 조각이 그의 신원을 확인했다. 천왕의 아내 서 씨는 그 자리에서 혼절했고, 월은 다리에 힘이 풀려 그만 주저앉았다. 장천 가마터 일꾼들 역시 행수의 황망한 죽음에 형언할 수 없을 만큼 비통했다. 장천 가마터는 한동안 실의에 빠졌다.

천왕의 장례가 치러지던 날, 봉이 월과 도공을 비롯한 가마터 식구들을 총소집했다. 그들은 천왕이 없는 가마터를 어떻게 운영할지를 의논했다. 그리고 왜국에 있는 성과 일꾼들에게도 부고訃告를 전해야 했다. 도공들은 월을 새로운 행수로 만장일치 추대했다. 그리고 월은 왜국에 가서 부고를 알리고, 나카무라를 만나 현지 가마터를 어떻게 할지 논의하기로 했다. 월은 장천만에서 새로 들어온 목선을 타고 왜국으로 향했다. 아버지가 부푼 꿈을 안고 떠났던 바닷길로, 그 길에서 세상을 떠난 아버지를 떠올리며, 동생과 가마터 식구들을 만나러, 장도長途에 올랐다.

*

아버지가 그랬던 것처럼, 나카무라 가마소 2호점 일꾼들이 그랬던 것처럼, 월도 심한 뱃멀미 끝에 왜 항에 다다랐다. 월은 항구에 내려 물어물어 가마소를 찾아갔다. 기다리던 천왕 대신 그의 아들이 왔다는 소식을 들은 나카무라는 불길한 예감으로 가마소 2호점에 득달같이 달려왔다. 가마터에서 불을 살피던 성은 멀리 보이는 낯익은 남정네가 설마 오라버니일 줄은 상상도 하지 못했다. 월이 '성아!'라고 부르지 않았더라면.

남매는 반가움에 얼싸안고 울음을 터뜨렸다. 가마터에서 일하던 도공과 일꾼들도 오랜만에 본 월을 반갑게 맞았다. 하지만 월의 얼굴 한쪽에는 그늘이 짙게 드리워져 있었다.

월이 가마터 식구들과 인사를 나누고 있는 동안 나카무라가 도착했다. 월은 땅에 엎드려 절했고, 나카무라는 그를 일으켜 세웠다. 그리고 근심 어린 눈빛으로 천왕의 안부를 물었다. 월은 호흡을 가다듬고 부친의 부고를 알렸다. 풍랑을 만난 배가 암초에 부딪혔고, 배에 물이 들어차 안에 있던 승객들이 모두 바다에 수장됐노라고. 그 안에 아버지도 있었다고. 아버지는 살아서가 아니라, 시신으로 떠밀려 장천으로 돌아왔다고.

부고를 듣던 성은 기진해 그 자리에서 실신했다. 아이고, 소리 한 번 내지 못했다. 가마터 사람들도 천왕의 죽음에 애도하며 꺼이꺼이 울었다. 나카무라는 눈앞이 캄캄해졌다.

"사람 인생이 이렇게 허무하게 끝나는 수도 있구나! 그 좋던 사람이 그렇게 가다니!"

날벼락 같은 소식에 주변은 금세 숙연해졌다. 산자락에서 찬 바람이 불어왔다. 기운을 잃은 가마터 사람들은 잠시 일손을 놓았다. 월은 성을 업고 집에 돌아와 방에 뉘고, 나카무라와 함께 본점으로 갔다. 어깨너머로 왜국어를 배운 봉이 통역하러 따랐다.

"행수님, 나카무라 2호점을 어떻게 하면 좋을까요? 그걸 의논하러 왔습니다."

"으음…."

나카무라는 갑작스러운 상황에 어떤 말을 해야 할지 몰랐다. 이미 만들어놓은 가마와 거기서 일하는 사람들을 어찌할 것인가. 남에게 넘기자니 당장 인수자가 나타날 것 같진 않고, 그렇다고 2호점에서 천왕을 대신할 만한 행수를 뽑는 것도 쉽지 않은 노릇이니.

"내가 할 거야."

언제 왔는지 성이 대뜸 방문을 열어젖히며 말했다.

"다른 사람도 아니고, 내 아비가 만든 가마터입니다. 그리고 거기서 일하는 아재들도 다 우리 식구나 마찬가집니다. 행수께선 제가 그간 부엌데기로 컸다고 여길지 모르지만, 장천에 있을 때부터 오라버니와 함께 사발이며 항아리며 만드는 법을 배웠고, 여기서도 아버지한테 여러 기술을 배웠습니다. 그러니 2호점은 저한테 맡겨주세요. 부탁드립니다."

선언과도 같은 성의 작심 발언에 월과 나카무라, 봉은 짐짓 놀랐다.

"그래도 여인의 몸으로 어떻게 불구덩이 앞에서 나무를 넣고 빼고, 억센 장정들을 부릴 수 있겠느냐."

"그래, 나카무라 행수 말대로 그릇을 빚는 일은 할는지 몰라도, 가마소를 운영하는 건 결코 쉬운 일이 아니야."

나카무라와 월은 성을 말렸다. 하지만 성의 태도는 단호하고, 확고했다. 한 치도 물러서지 않았다.

"행수님, 그리고 오라버니. 제가 지금 한 말은 그저 아버지 죽음에 대한 순간적인 감정이 아닙니다. 백제인의 혼과얼이 담긴 기물을 이곳에 널리 알려 우수성을 인정받고, 왜국에도 전파해 기술을 보급하고 싶은 도공으로서 책임감 때문입니다. 그러니 부디, 허락해 주세요."

성의 당찬 결기에 월은 더 말릴 수 없었다. 나카무라는 결심했다는 듯이 성을 바라보며 이렇게 말했다.

"좋다. 허락하겠다. 대신 나도 너에게 분명히 해 둘 게 있다. 네가 마천왕의 딸이라는 사사로운 정에 끌려 행수 자리를 주려는 게 아니다. 네가 약속한 것처럼, 네가 가진 실력을 최대한 발휘해 걸작을 만들어 내보려무나. 그래서 네 아비가 못다 이룬 꿈을 대신 이루고, 우리에게도 천년만년 이어갈 도자 기술과 역량을 전수해 주길 바란다."

"네, 행수님. 약조하지요. 행수님 기대에, 그리고 제 아비이름에 누가 되지 않도록 2호점을 전국 제일가는 가마소로만들겠습니다."

월은 위풍당당한 동생의 말을 옆에서 들으면서 탄복했

다. 그녀는 이제 더는 자신이 챙겨야 할 동생이 아니었다. 더 이상 철부지 소녀도, 연약한 계집도 아니었다. 그녀는 이제부터 '나카무라 가마소 2호점'의 새로운 행수였다. 동생의 당찬 모습에 월은 매우 흡족했다. 아버지가 맘 편히 저승으로 갈 수 있겠구나, 싶었다.

나카무라는 월과 성을 앞세워 2호점에 가 성을 신임 행수로 발표했다. 가마소가 문을 닫을지도 몰라 노심초사하던 사람들은 비로소 안도의 한숨을 내쉬며 기뻐했다. 도공을 비롯한 일꾼 모두가 성 앞에 서서 넙죽 절했다.

"새로운 행수를 모십니다."

새로운 길

열도의 겨울은 지독할 만큼 추웠다. 대낮에도 볕이 잘 들지 않았다. 그래서 눈이 한번 내리면 열흘이 넘도록 녹지 않았다. 바람은 칼날처럼 매서웠다. 옷깃을 파고드는 칼바람은 살을 에는 듯했다. 나카무라 가마소 2호점은 강추위가 몰아치는 동안 문을 닫기로 했다. 한겨울에 땔감을 구하기도 어려울뿐더러, 기물을 주문하는 곳도 적었다. 저자에 나오는 인파도 드물어 도매상을 거쳐도 푼돈이나 건질 정도라는 나카무라 행수 조언이 있었다. 나카무라의 조언도 있었지만, 성은 그간 쉼 없이 달려온 몇 달을 돌아볼 시간이 필요했다. 또한 그녀와 함께 달려온 일꾼들에게도 휴식이 필요하다고 판단했다.

성은 가마터 근처에 새로 생긴 노천탕을 찾았다. 꽝꽝 언얼음덩이가 주변을 둘러싸고, 매서운 바람이 콧잔등을 스치고 지나갔다. 성은 아무도 없는 물속에 들어가 몸을 담갔다. 연못 크기의 웅덩이에서 나오는 뜨끈한 온천수가 그녀의 몸 구석구석을 감싸았다. 새해가 되면 그녀의 나이도 열여덟이다. 작고 여렸던 체구는 어느덧 여인네 티가 제법 났다. 가슴과 엉덩이가 풍만해졌다.

성은 더운 김이 스멀스멀 올라오는 탕에 앉아 가만히 눈을 감았다. 잠시 후 이마에 땀이 송골송골 맺혔다. 뜨듯한 물에 몸이 나른해졌다. 피로가 풀리면서 잠이 몰려왔다. 성은 길게 하품하다가 이내 고개를 양옆으로 세차게 흔들었다. 잠이 들어선 안 된다. 그녀는 한 번 잠들면 누가 업어가도 모를 정도였다. 게다가 지금은 벌거벗은 몸으로 혼자 탕속에 있지 않은가. 성은 손바닥으로 뺨을 두어 번 때려 잠을 몰아냈다. 그리고 월이 왜를 떠나기 전 한 말을 떠올렸다. 월은 장천으로 돌아가기 전날 밤, 성에게 몇 가지를 당부했다. 그중에 성의 뇌리를 맴도는 말은 '새롭고 색다른 물건'이었다.

"성아, 앞으로는 사발이나 접시, 항아리, 옹기만 만들어선 안 돼. 뭔가 우리만의 혼과 정신을 담은 기물을 만들어야 해. 그래야 왜뿐만 아니라 다른 나라에도 우리 고유의 기술과 우수성을 떨치지 않겠느냐. 그것이 곧 아버지 유지를 받는 일이기도 할 것이야."

성은 고개를 갸우뚱하며 말했다.

"아버지의 유지?"

월은 어릴 적 아버지가 읽던 책을 보여주며 들려줬던 이야기를 동생에게 설명했다. 당시 그들의 부친 천왕은 외국 서적을 구해다 틈나는 대로 읽었다. 특히 기물과 관련한 서적에 탐독했다. 천왕은 어린 월에게 과거 당에서 들여온 책을 보여주었는데, 그 안에는 기이한 모양의 도자기가 여럿 그려져 있었다. 천왕은 그걸 아들에게 보여주며 말했다.

"우리도 이런 기물을 만들어야 한다. 아니 이보다 더 뛰어나야 한다. 우리만의 색과 멋을 가진, 새롭고 색다른 물건 말이다."

어린 월은 그때 아버지가 가마터 옆 곳간채에 물레를 가져다 놓고 도자기를 빚는 광경을 자주 목격했다. 성도 어릴 적 월과 그 모습을 함께 본 기억이 났다. 며칠 전, 월이 장천에서 도자기를 빚기 시작했다는 전갈이 왔다. 성은 오라비가 자신에게 했던 당부나 아버지와 일화를 들려준 이유를 어렴풋이 알 듯했다. 하지만 왜에서 도자기를 빚는 건 불가능했다. 무엇보다 도자기 재료인 흙의 상태가 나빴다.

'이곳의 흙으로는 도저히 도자기를 빚을 수 없어⋯.'

머릿속이 복잡해진 성은 눈을 질끈 감았다. 성은 그날 날이 어둑어둑해질 때까지 온천물에 들어앉아 있다 돌아왔다. 사위는 어두웠고, 그녀의 속도 끝 모를 동굴처럼 컴컴했다.

온천을 다녀온 성은 다음 날 아침 일찍 도공들을 불렀다. 그리고 전날 머릿속에 그린 구상을 자분자분 설명했다.

"난 이제부터 도자기를 빚을 거요. 누구도 흉내 낼 수 없는 도자기를 만들려고 합니다. 그러니 여러분들은 내가 가마소 일에 소홀하다고 하여 게을러졌다고 탓하지 말 것이며, 내가 한동안 가마터에 나타나지 않아도 궁금해하지 마세요. 세상을 깜짝 놀라게 할 도자기는 하루아침에 만들 수 없는 법이니, 조급한 마음에 안달하지도 마세요."

성은 도자기 빚는 일에 몰두했고, 가마터는 봉이 주도해 운영해갔다.

*

그 시기 왜국과 친분이 있던 후백제 왕이 물러났다. 부흥운동을 꾀했던 장수가 군사들을 그러모아 왕위에 올랐다. 새로운 왕은 왜국에 볼모로 잡혀갔다 왕위에 오른 전임 왕이 못마땅했다. 왜국 왕 앞에서 무릎을 꿇고 책봉을 받던 즉위식 때, 그는 치욕감에 이를 악다물었다. 그래서 새로운 왕은 전임 왕과는 달리 왜국과 교역을 달갑게 여기지 않았다. 왜국도 그런 태도를 마뜩하지 않아 했다.

결국 왜국은 후백제에서 들어오는 항만의 출입을 통제하기 시작했고, 교역에도 규제를 가했다. 그 바람에 장천에서 공수해 오는 흙의 양이 절반으로 줄었다. 나카무라 가마소 2호점에서 나오는 기물은 그럭저럭 팔리긴 했지만, 흙의 양이 대폭 줄면서 생산량은 전보다 못했다. 성은 봉에게 매일 보고를 받으면서도 도자기를 빚는 데 열중했다. 하지만 창작의 길은 고됐다. 가마터 일이 신경 쓰여 집중도 제대로 되지 않았다.

온종일 물레 위에 흙 반죽을 올려놓고 발을 굴려도 만족할 만한 자기는 형태를 드러내지 않았다. 가마터에서 사용할 흙이 날마다 허무하게 버려졌다. 시간은 쏜살같이 흘러 눈을 떴나 하면 해가 중천에 떴고, 잠시 한숨을 돌릴라치면 어느새 밤이 왔다. 마치 하루가 1년처럼 지나는 듯했다. 성은 점점 의욕과 의지를 잃어갔다. 그녀는 갈수록 자신이 없어졌다.

그녀 혼자 일하는 곳간채 공방에는 도자기 대신 한숨만 늘어갔다. 가마터 일꾼들 사이에서는 불평불만이 쏟아졌다. '가마터에서 쓸 흙도 없는데, 행수는 도자기인지, 개자기 인지 만든답시고 가마터에 코빼기도 안 비치고 흙만 버리고 있으니 말이 되느냐'고. 성도 들려오는 말이 귀에 거슬렸지만 괘념치 않았다. 그런 말에 하나하나 대응해봤자 득

보다 실이 더 많으리란 걸 깨달았기 때문이다. 성은 한 귀로 듣고 한 귀로 흘렸다. 다만, 그렇게 흘러가는 시간이 길어지면 곤란하다는 것 역시 알았기에 조바심이 났다.

그즈음 장천의 오라버니로부터 연통이 왔다. 월은 인편을 통해 그림을 한 장 보냈다. 입구가 잘록한 병이었다. 주둥이는 가녀린 여인의 허리처럼 호리호리했고, 아래로 갈수록 넓어졌다. 마치 미끄러지는 몸매와 풍만한 엉덩이처럼. 몸체에는 어릴 적 고향에서 봤던 연꽃을 새겼다.

'어쩜 이리 곱고 아름다울까. 내 생에 이런 작품을 만들 수 있을까.'

성은 그림을 보며 한동안 넋을 잃었다. 병은 술을 담을 수도, 물을 담을 수도, 꽃을 꺾어다 담을 수도 있어 보였다. 그건 바로 월이 지금 빚고 있다는 도자기였다. 하지만 그 역시 실패를 거듭하면서 상심이 이만저만 아니라고 인편은 전했다. 월은 성도 자신이 만들고 있는 연화 무늬 병을 만들어보라고 권했다. 누구라도 먼저 만들면 되지 않겠느냐면서.

성은 그림만 보고는 흉내조차 내기 어렵다고 생각했다. 하지만 해 보기로 작심했다. 오라버니가 얼마나 절박하고 간절한 마음으로 도자기를 빚고 있는지, 또 얼마나 자신을 믿고 응원하고 있는지 그림을 통해 고스란히 느껴졌기 때문이다.

　도자기 빚기에 곤욕을 치르는 건 월도 마찬가지였다. 빚었다 버리고, 구웠다 깨버리기 일쑤였다. 하나같이 성에 차지 않았다. 유약을 발라도 색이 나오지 않았고, 형태도 온전치 못했다. 사발이나 항아리와 달리 불 온도를 맞추는 일도 여간 어려운 게 아니었다. 그때마다 월은 산꼭대기에 올라가 목청껏 소리를 질렀다. 그렇게라도 해야 화가 풀렸고, 마음을 진정시킬 수 있었다. 또 그렇게 해야 다시 물레를 돌리고, 도자기를 빚을 욕구가 생겼다. 바다 건너 섬나라의 동생이 겪고 있을 지난한 삶이 마치 자신 때문인 양 자책도 했다.

　그때마다 구름은 빨갛게 변해 있었다. 가마 속에서 이글거리는 검붉은 화염처럼, 아버지가 빠져 죽은 바다를 비췄던 붉은 노을처럼. 월은 달을 바라보며 손 모아 기도했다. 부디 아버지가 저승에서 편히 쉬게 해달라고, 동생이 자기보다 하루라도 먼저 도자기 만들기에 성공하게 해 달라고. 눈물을 흘리며 두 손을 모았다. 장천 우물에 비친 달빛은 반쪽이었고, 나카무라 가마소 2호점 앞 우물에도 반쪽 달빛이 비쳤다. 달 주변으로 별 무리가 반짝였다. 월과 성은 같은 마음으로 달과 별을 보며 기도했다.

수월경화 水月鏡花

"그래서 결론은 누가 먼저 도자기 빚기에 성공한 거요? 월이요, 성이요?"

유민의 긴 이야기를 듣고 있던 조 부장이 물었다. 그들 앞에는 소주병과 맥주병이 길게 늘어서 있었다. 겨레는 술에 취해 테이블에 고개를 푹 숙인 채 잠들어 있었다. 유민이 잠든 겨레를 흘끔 쳐다본 뒤 대답했다. 그 역시 취기가 올랐는지 발음이 다소 어눌했다.

"월이요. 오빠인 월이 먼저 도자기를 빚고, 구워내는 데까지 성공했어요."

"그렇군요. 그럼 성은? 성도 오빠한테 비법을 전해 들었을 테니 금방 만들었겠군요?"

"아뇨. 성은 만들지 못했습니다. 월이 비법을 전수하려고 했지만, 성은 거부했습니다. 어떻게든 스스로 터득하겠다고 고집을 부렸다고 합니다."

"… 그럼, 성은 어떤 삶을 살았나요?"

"나카무라의 아들과 결혼했습니다. 그리고 한동안 도자

기를 만들지 않았습니다. 결혼하자마자 임신했고, 아이가 태어났으니까요. 아이를 키우면서 나카무라 가마소 1호점과 2호점 운영에만 몰두했다고 합니다."

"그럼 대통령실에서 사라진 청자는 월의 후손이 만들었겠군요?"

"그렇습니다. 마천왕의 4대손, 그러니까 월의 손자 대에서 처음 청자라는 걸 만들었고, 중손 대에서 비로소 연화 무늬 매병이 탄생했을 거라고 마 교수님께 들었습니다."

"지금 마 교수는 어디 계시죠? 아니지, 당신들이 가져갔다는 청자의 소재 파악부터 해야겠군요?"

"교수님은 지금 장천에 계십니다. 가마터가 있던 자리에 작은 별장을 지었는데, 그곳에서 글을 쓰면서 다음 학기 강의를 준비하고 계십니다. 그리고, 청자는…."

"그래, 그건 어디 있소?"

유민은 난처한 표정을 지었다. 알고는 있지만, 말을 하긴 곤란한 모양이었다.

"오늘 우리를 부른 건 다 얘기하려고 한 거 아니요? 그러면 말 못 할 이유가 뭡니까?"

"죄송합니다. 저도 제가 직접 보관 중인 게 아니라서요. 그리고 잘 아시겠지만, 이 청자는 국보급이기 때문에 답변

드리기가 매우 조심스럽습니다. 대신 힌트를 좀 드리죠. 시간이 되면 마 교수님을 한번 만나 보세요. 그분이라면 저보다 많은 걸 알려주실 수 있을 겁니다."

조 부장은 맥이 빠졌지만 어쩔 수 없었다. 유민의 입장도 충분히 이해했기 때문이다. 노포老鋪에서 시작해 호프집을 거쳐 포장마차까지 이어진 술자리는 새벽 두 시가 넘어 끝났다. 세 사람은 비틀거리며 인사를 나눈 다음 저마다 집으로 향했다. 조 부장은 몸을 제대로 가누지 못하는 겨레를 부축해 택시를 잡아 태웠다. 택시 뒷좌석에 올라탄 겨레는 창문을 열어 조 부장에게 조심히 들어가라고 손짓했다.

"내 걱정일랑 말고, 한 기자나 조심히 가."

새벽의 공기는 신선했고, 선선한 바람이 조 부장의 이마와 목덜미를 훑고 지나갔다.

*

겨레는 오전 내내 숙취에 시달렸다. 전날 얼마나 마셨는지, 온몸에서 술 냄새가 진동했다. 욕실 거울에 시뻘겋게 충혈된 눈동자가 비쳤다. 샤워기를 틀고, 비누칠하고, 칫솔질하면서 겨레는 전날 유민이 들려준 마천왕 일가 이야기를 떠올렸다. 하지만 또다시 속이 울렁거리고 머리가 깨질 듯해 더 이상 깊이 있는 생각은 하기 힘들었다.

찬물에 샤워를 마친 겨레는 드라이어로 머리를 말리며 핸드폰으로 실시간 기사를 훑어봤다. 세상은 오늘도 온통 시끄러운 뉴스로 도배하다시피 했다. 여야는 하루도 거르지 않고 티격태격했고, 곤두박질친 경제는 회복 기미를 보이지 않았다. 물가는 하늘 높은 줄 모르고 치솟았다. 사건 사고는 날로 늘었고, 흉악범죄도 기승을 부렸다. 기사를 보던 겨레는 연신 한숨을 내쉬었다. 뉴스 창을 닫고 카톡을 확인하려는 순간, 부르르 진동과 함께 전화가 걸려 왔다. 조 부장이었다.

"한 기자! 속은 좀 어때? 어제 많이 마신 것 같던데, 괜찮아?"

"네, 선배! 선배님은 어떠세요? 댁에 잘 들어가셨어요?"

"나야 뭐. 주량이 약하니 살살 마셔서… 가뿐하지."

"근데 어쩐 일로 아침 일찍 연락하셨어요?"

"약속 없으면 같이 해장이나 하자고."

조 부장은 카톡으로 겨레 숙소 근처라면서 식당 위치를 찍어 보냈다. 겨레는 조 부장이 단순히 해장이나 하려는 게 아니라는 걸 눈치챘다. 주섬주섬 옷을 갈아입은 겨레는 자전거를 타고 약속 장소로 나갔다. 술이 덜 깬 탓인지 중심을 잡기가 어려웠다. 자전거가 취한 사람처럼 여러 번 비틀거렸다. 횡단보도 신호를 두 번 지나자 해장국집이 보였다. 겨레는 식당 앞에 자전거를 대고, 식당 옆 편의점에서 숙취해소 음료를 두 병 샀다.

"자네나 먹지 내 것까지 사 왔어. 난 얼마 먹지도 않았는데…."

"아유, 얼마 안 드셨더라도 마셔요. 이거 숙취에 아주 특효약입니다."

조 부장은 겨레가 건넨 숙취 해소 음료를 따 마신 뒤 말을 꺼냈다.

"어제 차유민 행정관이 한 얘기를 토대로 후속 취재를 해 볼까 하는데, 한 기자 생각도 좀 들어보고 싶고."

"후속 취재라뇨? 그게 무슨?"

겨레의 눈이 동그래졌다. 숙취에 허덕이던 동태 같은 눈이 호기심에 잔뜩 찬 눈빛으로 돌변했다. 조 부장은 뭔가 중대 발표를 앞둔 사람처럼 뜸을 들였다. 겨레는 침을 꼴깍 삼키며 조 부장의 얼굴을 뚫어져라 쳐다봤다.

"이 사람아. 그렇게 쳐다보고 있으면 할 말도 까먹겠다. 금강산도 식후경이라고 하니까 일단 속 좀 풀고 얘기하자고. 오케이?"

겨레는 애가 탔지만, 뒤 집어질 듯한 속부터 달래기로 했다. 둘은 선지해장국에 공깃밥을 말아 정신없이 먹었다. 먹는 동안은 아무런 말도 하지 않았다. 겨레는 조 부장이 무슨 말을 하려는지 무척 궁금했고, 조 부장은 겨레가 자신의 제안을 받아들일지 머릿속이 복잡했다.

"한 기자, 다 먹었으면 일어나. 커피나 한잔하러 가게."

"네? 커피는 무슨 커피에요? 아까 하려던 말씀이나 얼른 하세요. 그거 땜에 밥이 코로 들어가는지 입으로 들어가는지도 모르게 먹었는데."

뾰로통한 겨레를 보며 조 부장이 싱긋 웃었다.

"할 일은 많고, 시간도 많아. 뭐가 그리 급해. 천천히 하자, 천천히!"

먼저 일어나 카운터에서 계산을 마친 조 부장이 이쑤시개를 하나 집어 입에 물었다. 겨레는 하는 수 없이 자전거를 끌고 조 부장 뒤를 따랐다. 밥을 급하게 먹었는지, 술이 덜 깼는지 겨레는 골치가 지끈거리고 속이 울렁거렸다. 조 부장은 식당 근처 어느 찻집 앞에 멈췄다. 겨레는 찻집 앞에 끌고 온 자전거를 받치고 안으로 들어갔다. 에어컨 바람이 두 사람을 시원하게 맞았다.

＊

　'수월경화水月鏡花' 두 사람이 들어간 일본풍 찻집 이름이
었다. 겨레는 간판이 하도 특이해 무슨 뜻인지 핸드폰을 열
어 검색했다.

　"물에 비친 달, 거울에 비친 꽃이란 말로… 눈으로 볼 수
는 있으나 잡을 수는 없는 것을 비유적으로 이르는 말?"

　다분히 시詩적인 표현이었다. 조 부장은 무슨 의미로 찻
집 이름을 그렇게 달았는지 자못 궁금했다. 곧이어 한 젊은
여성이 메뉴판을 들고 왔다.

　"여기 간판이 '수월경화'인데, 무슨 뜻이 있는 건가요?"

　서빙 온 여성은 조 부장의 돌발질문에 당황스러워했다.

　"네? 아, 그게… 제가 여기서 일한 지 얼마 안 돼서요. 이
따 사장님 오시면 여쭤볼게요."

　"아닙니다. 괜찮습니다. 미안해요. 저희 멜론 소다랑 오
미자차 주세요."

　겨레는 생뚱맞게 그런 걸 왜 묻냐고 핀잔을 주고는 알바
생을 돌려보냈다. 찻집 안에 손님이 달랑 한 팀이었기에 주
문한 음료는 금방 나왔다. 아까 그 알바생은 쟁반에 받쳐 온
음료 두 잔을 조심스레 원목 테이블 위에 올려놓고는 돌아

갔다. 유리잔 안에는 음료 반, 얼음 반이었다. 멜론과 오미자 향이 상큼하게 풍겼다.

"선배. 이제 정말 할 얘기란 거 해보시죠."

그제야 조 부장은 알았다며 말문을 열었다.

"한 기자도 어젯밤에 같이 들어서 알겠지만, 차 행정관이 말한 마천왕과 그 일가 말이야. 자네는 그 이후의 이야기가 궁금하지 않아?"

"궁금하긴 하죠. 근데 어제 술자리도 너무 길어졌고, 저는 엄청 술에 취해서 그 양반이 뭔 소리를 했는지 제대로 기억이 안 날 정도예요."

"난 지금도 그 사람들의 후일담이 무척 궁금해. 월과 성이 어떻게 도자기 빚기에 성공했는지, 성이란 여자는 계속 일본에서 살았는지, 그들의 후손은 어떻게 고려청자를 만들어 냈는지…."

"그야 뭐, 조상 대대로, 또 집안 대대로 가업으로 전승했겠죠. 도자기는 송나라 때 유행했으니, 직접 가서 배웠든, 그 나라 사람들이 와선 가르쳐줬든 해서 만들지 않았을까요?"

"그건 누구나 할 수 있는 얘기고…. 내 말은 우리가 직접 그 지역에 가서 그들의 전설과 역사를 취재해 보자는 거지."

"우리요? 왜요? 우리가 무슨 문화부 기자들도 아니고, 대통령실 출입 기자들한테 그게 취재할만한 꺼리가 될까요? 전하려는 메시지는 또 뭔데요?"

겨레는 조 부장 제안을 선뜻 받아들일 수 없었다. 마천왕 일가 이야기야 나중에 차 행정관에게 마저 들으면 될 일이고, 도난당한 청자의 행방 역시 차 행정관을 통해 파악하면 되는 것 아닌가.

그러나 조 부장 생각은 달랐다. 그는 차 행정관이 청자의 소재까지 알려줄 리는 없다고 믿었다. 그가 두 기자를 찾아왔을 때는 언론을 통해 뭔가를 세상에 알리고 싶었을 터. 하지만 대통령실을 한 번 뒤집어 놓은 것으로는 강도가 약하다는 느낌이 들었다. 차유민이 언급한 '마강진 교수'를 만나 그들 집안의 행적을 추적해볼 필요가 있다고 봤다. 그 가마터, 아니 별장에 가보면 뭔가 실마리를 찾을 수 있다고도 여겼다.

두 사람이 진지하게 대화를 나누고 있을 즈음, 머리가 반쯤 벗겨진 한 중년 남성이 테이블로 다가왔다.

"안녕하세요? 실례하겠습니다."

"누구시죠?"

"저는 여기 사장입니다. 알바 학생한테 들으니 여기 간판

이름에 관해 여쭤보셨다고요?"

조 부장이 엉거주춤 일어나 허리를 반쯤 숙인 채 인사했다.

"아, 네. 제가 들어오다 보니까 찻집 이름이 인상적이어서요. 무슨 뜻이 담겨있나 궁금해서요."

"그렇군요. 손님처럼 물어보는 분들이 간혹 있긴 합니다만…."

사장은 두 사람을 번갈아 보며 살짝 미소를 지었고, 겨레는 자리를 옆으로 옮겨 사장이 앉을 자리를 마련했다.

"그럼 잠깐 실례하겠습니다."

사장은 양해를 구한 뒤 겨레가 앉았던 의자에 앉았다. 그러고는 10여 년 전쯤 일이라며 찻집 이름을 '수월경화'로 지은 배경을 천천히 설명했다.

사장 이름은 민병배로, 나이는 쉰다섯이었다. 10년 전, 다니던 IT 회사를 그만두고 얼마 안 되는 퇴직금으로 아내와 함께 카페를 차렸다. 하지만 초보 자영업자에게 카페 운영은 무척이나 버거웠다. 결국 1년도 못 가 문을 닫았다. 민 사장은 공허하고 울적한 마음에 아내와 바닷바람이나 쐬자며 여행을 떠났다.

민 사장 부부는 여행 첫날 오후 어느 바닷가에 이르렀다. 저녁을 먹을 참으로 허름한 식당에 들어갔는데, 식당 안에서 기묘한 그림 한 점과 마주쳤다. 한 여인이 손에 거울을 들고 서 있고, 거울 속에는 이름 모를 붉은 꽃 한 송이가 비쳤다. 여인이 서 있는 옆으로는 우물이 있었는데, 그 속에는 반달이 들어 있었다. 꽃도 달도 눈으로 볼 수는 있으나 거울과 우물 안에 있어 잡을 수도, 만질 수도 없었다.

그래서일까, 여인의 눈은 한없이 슬퍼 보였다. 돼지불고기를 안주 삼아 소주잔을 기울이던 민 사장은 그림에서 한동안 눈을 떼지 못했다. 앞에 앉은 아내가 상추쌈을 싸 입앞에 대고 있어도 알아채지 못했다. 아내도 민 사장이 바라보는 그림으로 시선을 옮겼다. 그녀 역시 그림에서 풍겨 나오는 신비로운 기운을 감지했다.

"왠지 외롭고, 쓸쓸하고, 슬퍼 보이는 그림이네요."

"그러게. 무슨 사연이 있는진 모르지만, 지금 내 마음처럼 보이네."

두 사람의 대화는 한동안 멎었다. 민 사장은 혼자 술을 따라 마셨고, 아내는 그림과 남편의 안색을 번갈아 보며 분위기를 살폈다. 그사이 식당 주인이 서비스 안주라며 계란찜을 내왔다. 침울해하는 부부를 보던 주인은 그림에서 눈을 떼지 못하는 민 사장 아내를 보면서 말을 걸었다.

"수월경화라는 그림입니다."

"수월경화요?"

"네. 한자 그대로 해석하면 '물에 비친 달, 거울에 비친 꽃'이란 뜻이죠. 간절히 얻고 싶은 건, 쉽게 얻어질 수 없는 법이죠. 수많은 시행착오와 실패를 거듭해야 겨우 얻을까 말까 하죠. 우리네 인생처럼 말입니다. 지인께서 개업 선물로 준 그림입니다. 도예가인데, 화가 뺨칠 정도로 그림 솜씨도 탁월합니다. 집안 대대로 도자기 빚는 일을 해 왔다는데, 혹시 저 그림 끄트머리에 가마터가 보이십니까. 저기가 그분 조상께서 직접 만든 가마터라고 하더군요."

민 사장 부부는 주인의 말을 듣고서야 그림 맨 끝부분에 그려진 가마터를 확인할 수 있었다. 가마터 옆에 서 있는 어린아이 모습도. 여행을 마치고 민 사장 부부는 찻집을 열기로 했고, 간판 이름을 '수월경화'라고 지었다. 실패를 거듭하다 보면, 그 실패에서 얻은 교훈으로 언젠가는 성공할 수 있으리라는 희망과 믿음을 담았다. 민 사장은 찻집에서 간간이 사이언스 잡지에 연재할 글을 썼고, 그의 아내는 공방에 나갔다. 찻집을 연 지 9년째라는 민 사장은 카페를 할 때보다 심적으로나 경제적으로나 낫다고 했다.

*

겨레는 조 부장의 제안과 계획이 썩 내키진 않았다. 그렇다고 대통령실 출입이 막힌 상태에서 멀뚱멀뚱 있을 수만도 없었다. 다음 날 두 사람은 회사에 한 달간 출장 계를 제출했다. 출장지와 목적에는 '장천군-마강진 교수 인터뷰 및 탐사취재'라고 썼다. 마 교수 별장 주소는 유민에게서 받았다. 두 사람은 겨레의 차를 타고 이동하기로 했다. 겨레 숙소 근처인 시청역에서 출발한 차량은 경부선과 호남선을 번갈아 가며 달렸다.

평일 고속도로는 한산했지만, 워낙 거리가 멀어 두 사람은 중간중간 휴게소에 들러 커피를 마시거나 담배를 피우며 허리를 폈다. 4시간 남짓 달린 차량은 고속도로를 빠져나와 한적한 국도변으로 접어들었다. '장천군'을 알리는 이정표가 눈에 들어왔다. 내비게이션은 마 교수 별장까지 7킬로미터가 남았다고 일러줬다.

"거의 다 와 가는군요."

겨레는 조수석에 앉아 창밖을 바라보던 조 부장에게 말을 걸었다. 조 부장은 창밖으로 지나는 차를 보는 건지, 넘실거리는 황금 들판을 보는 건지, 아니면 멀리 보이는 산맥을 보는 건지, 하늘에 떠가는 구름을 보는 건지 유민의 말에 아무 대꾸하지 않았다. 겨레는 말없이 차를 몰았다.

목적지가 가까워질수록 노면 상태는 불량했다. 군데군데 싱크홀을 지날 때마다 차가 덜컹거렸다. 도착지점을 2킬로미터가량 앞두고부터는 비포장도로였다. 구불구불한 길을 지날 때마다 두 사람의 몸은 들썩거렸고, 겨레는 차체가 흔들리지 않도록 핸들을 두 손으로 꽉 잡았다. 비포장도로의 끝에는 산허리로 올라가는 언덕길이 나타났다. 경사가 급해 속도를 줄여야 했다. S자 코스의 꼬불꼬불한 산길을 차가 헐떡거리며 올라갔다.

마 교수 별장은 산 중턱에 자리 잡고 있었다. 두 사람이 별장에 도착한 시간은 오후 1시 30분이었다. 오전 8시 30분에 출발했으니 꼬박 5시간이 걸린 셈. 두 사람은 별장 입구에 차를 세우고 짐을 내렸다. 별장 입구에는 들고양이 두 마리가 빈 사료통 주변을 서성거리다 차 문 닫는 소리에 놀라 쏜살같이 담 밑으로 숨어들었다. 한 녀석은 새끼를 뱄는지 배가 불룩했다.

겨레는 한옥으로 지은 별장 앞에서 초인종을 누른 뒤 마 교수를 불렀다. 잠시 후 안에서 인기척이 들렸다. 마룻바닥에 발 딛는 소리에 이어 신발 신는 소리가 났다. 이윽고 한

남자가 대문을 열었다. 소나무로 만든 대문은 오래됐는지 삐거덕거렸다. 남자는 60대 중반쯤 되는 얼굴에 머리는 하얗고, 뿔테 안경을 쓰고 있었다. 옷차림은 밤색 개량 한복에 검정 고무신을 신고 있었다. 마강진 교수였다.

"기자님들이죠? 어서들 오세요."

겨레와 조 부장은 마 교수에게 명함을 건넸고, 마 교수는 둘을 안내했다. 대문 안으로 들어가니 돌과 나무로 예쁘게 꾸민 널찍한 마당이 나왔다. 셋은 마당을 가로질러 대청마루에서 신발을 벗고 서재로 들어갔다. 수많은 책이 책꽂이에 꽂혀 있었고, 책에서 나는 종이 냄새가 방안에 진하게 뱄다.

"먼 길 오셨습니다. 힘드실 텐데, 앉아서 숨부터 돌리시죠."

쭈뼛거리며 서재를 둘러보던 겨레와 조 부장은 마 교수를 정면으로 보고 앉았다. 그들 사이에는 소반이 하나 놓였는데, 그 위에는 다기와 찻잔, 다식이 놓여 있었다. 마 교수는 며칠 전 차유민으로부터 겨레와 조 부장이 곧 찾아갈 거라는 기별을 받았다. 마 교수는 다기에 담긴 차를 찻잔에 따라 두 사람 앞에 내놨다.

"이 근처에 차밭이 있어요. 조금 얻어다 우렸습니다. 다식은 제 딸이 만들어 보내왔는데, 맛이 어떤지 모르겠습니다. 한번 드셔 보시죠."

차를 마시고 난 겨레는 향이 아주 깊고 그윽하다고 호평했고, 마 교수는 말을 이어갔다.

"차 행정관은 대통령실에 들어간 뒤부터는 연락도 뜸하고 얼굴 보기가 힘들더군요. 참, 두 분도 거기 출입하는 거죠? 좀 어떻습니까?"

"아무래도, 그곳 성격이 성격이다 보니……."

겨레가 주저하자, 조 부장이 대신 대답했다.

"교수님도 아시다시피 최근에 대통령실에서 고려청자가 사라지는 사건이 있었잖아요. 대통령실 수장고 관리 업무를 차 행정관이 맡고 있다 보니 무척 곤란한 상황일 겁니다. 솔직히 이번 조사가 끝나면 대통령실을 나와야 할 가능성이 크고요."

"으흠."

차를 마시던 마 교수의 눈빛이 살짝 흔들렸다.

"두 분께서 보기에 이번 사건은 어떻게 정리될 것 같습니까?"

마 교수는 걱정스러운 표정으로 겨레와 조 부장을 번갈아 보며 물었다. 두 사람은 서로 얼굴을 쳐다볼 뿐 즉답할 순 없었다. 그들도 사태의 진행 상황을 정확히 파악하지 못했기 때문이다. 다만, 유민이 더는 그곳에서 일할 수 없으리라는 예상은 충분히 할 수 있었다.

조 부장이 쑥색 다식 하나를 입에 넣고 오물거리며 마 교수를 찾아온 이유를 밝혔다.

“차 행정관께 어디까지 들으셨는지 모르겠습니다만, 저희가 여기 온 건, 사라진 청자의 행방을 여쭙고 싶어서입니다. 또 괜찮으시면 교수님의 먼 조상인 월과 성의 후일담을 더 듣고 싶고요.”

마 교수는 조 부장의 말에 가만히 고개를 숙였다. 그는 찻잔을 들어 한 모금을 마시더니 나직이 말했다.

“그럽시다. 내 이야기도 차 행정관이 들려준 것만큼 꽤 길 겁니다. 옆 칸에 별채가 있으니 거기서 며칠 묵으시죠. 오늘은 운전하느라 힘들고, 진이 빠졌을 테니 일단 좀 쉬세요. 전설의 고향은 차차 떠나보기로 하고.”

겨레와 조 부장도 며칠 묵을 작정으로 왔기에 서두르지 않았다. 두 사람은 남은 차를 마저 마시곤 서재에서 나왔다. 별채는 아담했다. 그 앞에는 매화나무 한 그루가 고고한 자태를 뽐냈다. 쭉 뻗은 가지마다 붙은 초록색 잎이 은은하게 빛나며 꼿꼿하게 버티고 있었다. 매화나무 옆 화단에는 데

이지와 크리스마스 꽃으로 유명한 포인세티아가 가지런히 심어 있었다.

별채로 들어간 두 사람은 옷을 갈아입었다. 방안에는 이불이 두 채 준비돼 있었는데, 원래부터 두 채였는지, 아니면 마 교수가 두 채를 가져다 놓았는진 알 수 없었다. 편한 복장으로 갈아입은 두 사람은 방안에 대大자로 드러누웠다. 조 부장은 연신 '아이고' 소리를 내다 잠들었고, 겨레도 장거리 운전에 지쳤는지 금세 곯아떨어졌다. 두 사람의 코 고는 소리가 마당까지 흘러나왔다. 매화나무와 화단의 꽃들은 이 방인들의 방문이 낯설다는 듯 가지와 꽃잎을 이쪽저쪽으로 흔들며 저녁을 기다렸다.

*

두 사람은 저녁 7시가 다 돼서야 잠에서 깼다. 먼저 일어난 겨레가 늘어지게 하품했다. 그 소리에 조 부장도 눈을 비비며 부스스 일어났다.

"아이고. 벌써 시간이 이렇게 됐네."

"그러게요. 달게 자긴 했는데, 긴긴 가을밤을 어떻게 지새울지 모르겠네요?"

겨레와 조 부장이 방안에서 두런거리는 사이 마 교수의 인기척이 들렸다.

"눈 좀 붙이셨습니까?

겨레가 방문을 열어보니 밖은 이미 어두웠고, 마 교수가 부침개에 막걸리 두 통을 쟁반에 받쳐 들고 있었다. 두 사람은 얼른 일어나 마 교수 손에 들린 쟁반을 받아 들었다.

"교수님, 이게 다 뭡니까?"

"일주일에 두 번씩 별장 청소하는 아주머니가 계세요. 오늘은 서울에서 특별한 손님이 오셨다고 했더니 호박이랑 가지랑 풋고추를 따다가 부추를 넣고 부침개를 만들지 뭡니까."

"아유 그렇게까지 안 하셔도 되는데… 이런 게 시골 인심인가 봅니다. 솔직히 자고 일어났더니 배가 출출하던 참이었습니다. 고맙게 잘 먹겠습니다."

겨레가 군침을 꿀꺽 삼키며 말했다. 마 교수는 한숨 자고 일어나 표정이 밝아진 두 사람을 정답게 바라보며 방을 나왔다. 마 교수는 방문을 닫다 말고 공지를 하나 했다.

"참, 내일 아침은 안방에서 저랑 같이 드세요. 아주머니가 미역국을 잔뜩 끓여두고 가셨거든요. 찬은 얼마 없어도 그냥저냥 한술 뜨시죠."

"여러모로 신세를 지게 됐습니다. 죄송하고 고맙습니다, 교수님."

조 부장이 어쩔 줄 몰라 하자 마 교수는 쓸데없는 소리 말라며 손사래를 쳤다. 마 교수가 돌아간 뒤 방안에 남은 두 사람은 막걸리 뚜껑을 따 잔에 부었다. 조 부장은 고소한 들기름 냄새가 풍기는 부침개를 젓가락으로 죽죽 찢었다. 그러고는 종지에 담긴 집 간장에 살짝 찍어 먹음직스럽게 한 입 욱여넣었다. 겨레도 막걸리 한잔을 쭉 들이킨 뒤 부침개한 점을 입에 넣었다.

별미로 저녁을 해결한 두 사람은 밖에 나와 산책하기로 했다. 주위는 가로등 하나 없이 어두웠다. 하늘에 뜬 달이 유일한 빛줄기였는데, 보름이 가까워 차오른 달은 두 사람이 걷기에 큰 무리는 없었다. 능선을 따라 난 작은 산길이 마을 쪽으로 오붓하게 나 있었다. 몇 시간 전 차를 타고 올라온 길이었는데, 밤과 낮의 시간적 배경이 바뀌면서 물리적 공간은 색다르게 다가왔다. 겨레는 주머니에서 담배를 찾았지만 보이지 않았다.

"담배가 다 떨어진 모양입니다. 마을에 내려가면 편의점이 있을 것 같은데, 같이 가실래요?"

"그러자고. 어차피 낮잠을 오래 자서 다시 잠들긴 어려울

것 같고, 소화도 시킬 겸 걸어보자고."

마을까지 거리는 꽤 길어 보였지만, 둘은 이런저런 말을 주고받으며 오순도순 내려갔다. 달이 계속 따라오며 두 사람의 앞길을 비췄다. 산골짜기에서는 이름 모를 새와 산짐승 소리가 주기적으로 들렸고, 풀벌레가 찌르르, 찌르르하며 장단을 맞췄다.

"선배, 마 교수라는 분…, 어때 보였어요?"

"어때 보이긴? 뭐가?"

"겉으로 보이는 풍모는 전형적인 학자 스타일이고, 성격도 나이스 한 것 같긴 한데, 어딘지 모를 묘한 분위기가 풍겨서요. 뭐랄까, 여러 개의 비밀을 숨겨놓고 사는 사람 같다고 해야 하나…."

"한 기자는 기사가 아니라 소설을 써도 성공하겠어. 뭐, 사실 나도 비슷한 느낌을 받긴 했어. 그거야 연륜에서 풍기는 느낌일 수 있고, 아니면 지금 벌어지고 있는 사건과 관련해서 뭔가 마음을 쓰고 있는 게 아닐까 싶기도 하고… 아무튼 내일부터 차차 알아보자고, 마강진 교수와 그의 집안을."

다음 날 아침 일찍 일어난 두 사람은 마 교수의 방으로 건너가 함께 식사했다. 마 교수는 미역국에 산나물, 깍두기, 배추김치를 반찬으로 내왔다.

"어제 부침개는 아주 잘 먹었습니다. 처음 먹어본 맛이었습니다. 아주머니 음식 솜씨가 대장금 뺨칠 정도던데요. 천상의 맛이라고 할까요?"

겨레는 마 교수에게 덕분에 한 끼를 잘 먹었다며 고마움을 표시했다.

"원래 배가 고플 땐 뭘 먹어도 맛있다잖아요. 국 식어요, 어서들 듭시다."

마 교수도 한결 밝아진 안색으로 수저를 들고 식사를 권했다. 소고기를 넣고 끓인 미역국이 들어가자 몸에 생기가 도는 듯했다. 조 부장은 뜨거운 국에 밥을 말아 후후 불어먹으며 아주머니 음식 솜씨에 또 한 번 경탄했다.

"한 기자 말마따나 아주머니 음식 솜씨가 대장금입니다. 아주 예술입니다."

"이러다 여기서 아예 눌러앉는 거 아닌지 모르겠어요. 하하하!"

겨레도 산나물에 고추장을 넣고 비빈 밥에 미역국을 떠먹으며 말했다. 마 교수는 아주머니 월급이 꽤 비싸다며 장기 투숙하려면 거금을 내야 할 거라고 농담했다.

아침 식사가 끝난 뒤 겨레는 설거지를 자처했다. 자취 경력 20년에 설거지는 달인급이라며 너스레를 떨면서. 뒷정리를 끝낸 일행은 장천에서 본격적인 일정을 시작했다. 겨레와 조 부장은 노트북과 사진기, 핸드폰 영상 녹화용 미니 삼각대를 꺼내 들고 마 교수 서재로 갔다. 곧 첫 인터뷰가 시작될 예정이다.

3부
달과 별

후예

"지금부터 인터뷰를 시작하겠습니다. 긴장하진 마시고 저희가 여쭤보는 것에 아는 대로만 답해 주시면 됩니다. 답변이 곤란한 질문이라고 여겨지면 안 하셔도 괜찮습니다. 그리고 핸드폰으로 녹화도 할 텐데요. 크게 의식하지 않아도 됩니다. 나중에 기사 정리할 때 참고용으로 찍어두려는 거니까요."

"알겠습니다. 시작하시죠."

마 교수는 담담하게 인터뷰에 응했다. 첫날 인터뷰는 겨레가 주도했고, 조 부장이 옆에서 노트북에 말을 받아 적었다. 이따금 핸드폰이 정상적으로 작동하는지 살피는 것도 조 부장 몫이었다.

"좋습니다. 교수님. 첫 번째 질문부터 할게요. 교수님 집안 조상님이긴 하지만, 편의상 존칭은 생략하고 이름으로 통일하겠습니다."

마 교수가 가볍게 고개를 끄덕였다.

"성이 일본에서 도자기 빚기를 포기하고 나카무라 행수

아들과 갑작스럽게 결혼한 이유와 후일담이 궁금합니다."

마 교수는 잠깐 머릿속을 정리하려는 듯 생각에 잠겼다. 그리고 잠시 뒤 설명을 시작했다. 성의 결혼 전후 이야기가 마 교수 입에서 하나둘씩 흘러나왔다.

"그래요. 성은 도자기 빚기에 거듭 실패하면서 의지가 약해질 대로 약해졌습니다. 정신 집중도 잘되지 않으니 만드는 것마다 자꾸만 금이 갔고, 그때마다 가마터 뒤로 가져가 깨기를 반복했죠. 나중에는 깨진 조각이 산더미처럼 쌓였다고 합니다. 당연히 도공들과 일꾼들의 불만은 점점 커졌고, 가마소도 제대로 굴러가지 않았겠죠. 하루는 봉이 조용히 성을 불러다 놓곤 '이쯤에서 그만두는 게 어떻겠느냐'고 다독였는데, 성은 되레 버럭 화를 냈답니다. 그러곤 문을 박차고 나가 근처 바닷가로 갔는데요. 거기서 나카무라 행수 아들과 인연이 닿은 듯합니다."

"인연이라면… 어떻게?"

"나카무라 행수의 외동아들인 칸쿠로. 그는 성보다 한 살 어렸습니다. 같은 또래이고, 한마을에 살다 보니 어릴 적부터 친구처럼 컸지요. 하지만 둘의 성격은 극과 극이었대요. 성은 외향적이고 밝았던 반면, 칸쿠로는 수줍음이 많고 내성적이었죠. 방안에 틀어박혀 책을 읽는 걸 즐겼고, 가마터 일은 아무 관심도 두지 않았대요. 나카무라 행수는 하나뿐인 아들이 내심 가업을 이어받길 바랐지만, 손재주가 없고, 일에는 워낙 젬병이라 물려줄 엄두를 내지 못했다고 합니다."

"그러다가 성이 뛰쳐나간 바닷가에서 둘 사이에 무슨 일이 있었나 보군요?"

"그때 칸쿠로는 낙조를 바라보며 시를 쓰고 있던 모양입니다. 종이에 대나무 붓으로 글을 쓰려는데 멀리서 어떤 여인이 뛰어오는 걸 봤죠. 가까이 다가올수록 그녀가 성이라는 걸 알아챘습니다. 성은 해변 한쪽에 주저앉아 멍하니 지는 해를 바라보며 하염없이 눈물을 흘렸답니다. 평소 성답지 않은 모습을 이상하게 여긴 칸쿠로가 성을 향해 다가왔고, 흐느끼며 울던 성의 어깨를 살포시 잡았더랬죠. 깜짝 놀란 성이 뒤를 돌아보곤 칸쿠로인 걸 확인하더니 그의 품에 안겨 펑펑 울기 시작했답니다. 아주 서럽게요."

"칸쿠로가 성을 위로하면서 관계가 발전했나 보군요?"

"칸쿠로는 성에게 아무 말도 하지 않았습니다. 그저 가만히 안고서 등을 두드려주었답니다. 그러곤 이렇게 말했죠. '당신은 언젠가 해낼 거야. 포기하지 않는다면, 언젠가는, 반드시.'"

성은 칸쿠로의 말에 큰 위안을 얻었고, 그 길로 함께 집으로 돌아와 더 이상 도자기를 빚지 않겠노라 선언했다. 그리고 다음 날부터 가마소 운영에 다시 몰두했다. 마치 일에 미친 여자처럼 새벽부터 밤늦도록 일을 손에 놓지 않았다. 그렇게 해야 복잡한 마음을 다잡을 수 있을 것 같다는 양.

그때마다 칸쿠로가 옆에서 성을 보살폈다. 그런 이유였을까. 성은 칸쿠로에게 우정을 넘어선 애정을 갖기 시작했다. 성은 다음 해 칸쿠로와 부부의 연을 맺었다. 나카무라 행수는 크게 기뻐했다. 자신의 가마소를 물려줄 '아들 같은 며느리'를 얻었기 때문이다. 나카무라 행수는 한식구가 된 선물로 자신의 가마소를 성에게 넘겼다. 성은 처음에는 한사코 거절했다. 시아버지가 수십 년을 일궈온 가마소인 걸 누구보다 잘 알고 있었으니. 하지만 나카무라는 며느리가 된 성을 믿었다.

"나는 이제 힘없는 늙은이가 됐다. 장작 패는 일도, 불구덩이 화염과 싸우는 일도 힘에 부치는구나. 여기도 이제 젊고 힘 있는 행수가 필요해. 내가 누구보다 너를 잘 알잖니? 아무 걱정하지 말고 해 보거라. 넌 잘할 수 있을 게야."

성은 시아버지 부탁을 더 이상 거절할 수 없었다. 대신 나카무라는 어려운 문제가 생기면 언제든 자신을 찾아와 상의

하라고 했다. 성은 시아버지 격려와 응원에 눈시울을 붉혔다. 성은 나카무라 행수 집에서 불과 백여 미터 떨어진 곳에 집을 짓고 신접살림을 차렸다. 그리고 이듬해 칸쿠로를 똑 닮은 아들을 낳았다.

나카무라는 손주가 마냥 예뻤다. 어미가 젖을 물리는 동안을 빼곤, 항상 포대기에 싸매 업고 다녔다. 만나는 사람마다 '이 애가 내 손주야'라며 신나서 소개했고, 이다음에 큰 인물이 될 거라고 동네방네 자랑하고 다녔다. 나카무라 가마소 1호점과 2호점에도 새로운 생명의 탄생에 모처럼 생기가 돌았다.

*

인터뷰는 계속됐다.

"아들까지 낳은 칸쿠로와 성 부부의 삶은 어땠나요? 행복했나요?"

거레의 질문에 마 교수는 고개를 가로저었다. 그리고는 차를 한 모금 마시며 마른 입술을 적셨다. 마 교수의 말을 받아 적던 조 부장은 뭔가 반전이 있을 거란 예감에 눈썹이 움찔했다.

"칸쿠로는 요절했습니다. 몸져누워 일어나지 못했어요."

"네? 대체 왜요?"

"정확한 건 알려지지 않았습니다. 당시 돌림병이 유행이었다는 자료가 있긴 하지만…."

마 교수 설명으로는, 칸쿠로는 어릴 때부터 건강 상태가 좋지 않았다. 기관지가 약해 기침을 심하게 했다. 아버지인 나카무라가 기관지에 좋다는 별의별 약초를 구해다 먹였지만 소용없었다. 커서도 기침을 달고 살았고, 나이가 들면서는 증상이 더 심해졌다. 앉아서 기침하다가 옆으로, 뒤로 넘어지기 일쑤였다. 나중에는 기침하다 피를 토했고, 병세는 깊어졌다.

"그렇게 시름시름 앓던 칸쿠로는 아들이 돌이 됐을 무렵 세상을 떠났습니다. 당시 그의 나이는 겨우 스무 살이었죠. 아내인 성은 졸지에 애 딸린 과부 신세가 됐고요."

"아이고, 저런. 여자 혼자서 아이를 키웠으면 고생이 이만저만 아니었을 텐데…."

"아니요. 성은 잘 이겨냈습니다. 칸쿠로는 죽음이 임박했다는 걸 알고 아내에게 마음 굳게 먹고 살아야 한다고 당부했습니다. 아들을 자신처럼 대하며 살라고. 그래야 험한 세상 살아갈 수 있는 용기가 생긴다고…. 남아있을 아내와 아들을 늘 걱정했죠. 눈을 감기 전에도, 아내에게 비슷한 유언을 남겼습니다. 반드시 꿋꿋하게 살아달라고, 그리고 도자기를 다시 만들라고, 아내가 못하면 아들한테라도 가르쳐 기필코 성공하라고."

칸쿠로는 죽기 전 온 힘을 다해 시를 썼다. 그건 아내를 위한 마지막 연서戀書였다.

밝은 낮인데 아직도
잠에서 깨어날 줄 모르고
꾸벅꾸벅 조는 꽃이 있습니다.
다른 꽃들은 이른 새벽부터
제각각 꽃망울을 터트리고 뽐내건만
그 꽃만 주위는 아랑곳하지 않고
여전히 잠에 빠져 있습니다.
그래서 사람들은 그 꽃을
잠꽃이라 불렀습니다.

잠꽃의 기상은 초저녁
선선한 미풍이 다가올 즈음입니다.
다른 꽃들이 서서히 지기 시작할 무렵

잠꽃은 혼자 잎들을 털고 일어납니다.
그리고 살포시 봉오리를 엽니다.
밤새 잠꽃은 혼자입니다.

깊고 깊은 밤
산골짝 계곡물과 풀벌레 울음소리가
위안은 되었지만
구슬피 들려오는 부엉이 소리만큼은
참을 수 없는지 이따금씩 눈물을
보이고 마는.
잠꽃이여!

잠꽃도 원래 이른 새벽녘
계곡 물안개가 피어오를 때
여느 꽃들과 함께 피던 꽃이었습니다.
매일 그 험한 계곡을 찾아 와
자기를 봐주던 이의 발길이
어느 날부턴가 끊기고 난 후
잠꽃은 밤새도록 잠을 이루지 못하고
그 사람만 애타게 기다렸습니다.

기다리는 것만큼
애절하고 외로운 마음은 없습니다.

이젠 잠꽃도 지려나 봅니다.
늦게나마 꽃을 피우고
꼬박 밤새우며 자기를 보러 올
그 사람만 기다렸는데
잠꽃은 차츰차츰 시들어 갑니다.

사랑받지 못하는 꽃은
더 이상 아름답지 않습니다.
하지만 잠꽃은 절대 그 사람을 잊지 못하리라는 걸
나는 잘 알고 있습니다.

성은 남편의 유지를 받들어 도자기를 다시 만들기 시작했
다. 일꾼들은 하나둘 가마터를 떠났지만, 성은 흔들리지 않
았다. 칸쿠로와 약속을 지키기 위해 이를 악다물었다. 그녀
는 칸쿠로 신주가 있는 사당에서 기어코 도자기를 만들어
당신 앞에 바치겠노라 맹세했다. 그리고 죽은 남편으로부터
받은 시에 대한 답서를 썼다.

당신

살고 싶다고 했지요

살아서 살아서 나와 행복하겠다고

작은 눈물 글썽이며 웃었잖아요.

슬퍼지기 전에 사랑하자고

그러면 슬픔도 덜어질 거라면서

축 처진 어깨 감싸주던 당신이잖아요.

당신

내가 고생하는 것이 안쓰러웠는지

날이면 날마다 미안하댔지요.

어제도 오늘도 고맙댔잖아요.

괜찮아요.

당신이 쓴 시에, 글자 사이사이에

보이던 마른 눈물 자국들

모두 다 한결같은 당신의 사랑이었고,

오롯이 나를 향한 마음이었잖아요.

당신

지금은 나 혼자 이 세상에 있지만,

절대 외롭거나 슬프지 않으렵니다.

보이지도 들리지도 않는 당신이건만,

저 파란 하늘 위 어디선가

날 지켜보고 있을 줄 아니까요.

영원히 날 지켜 줄 것을 믿으니까요.

그거면 족합니다.

내게 그보다 더 큰 행복은 없습니다.

성은 여전히 실패를 거듭했다. 세월은 어느덧 10년이 흘렀다. 나카무라 행수는 자신이 업고 다니며 동네방네 자랑했던 손자가 일곱 살이 되던 해 세상을 떠났다. 나카무라가 죽던 날, 그는 성의 손을 꼭 잡고 마지막 인사를 전했다.

"얘야, 그동안 못 난 늙은이 건사하느라 고생이 많았다."

"그런 말씀 마세요."

"칸쿠로가 떠나고 너를 내보냈어야 했어. 다른 좋은 남자를 만나 새로운 인생을 살도록 해야 했는데… 차마 그러지 못하고 내 욕심만 부렸어. 너에게 미안한 게 참 많구나."

"아녜요, 아버님. 제가 선택한 길입니다. 돌아가신 제 부친을 대신해 저를 거둬주셨고, 가마소까지 물려주셨잖아요. 그 은혜를 제가 어찌 갚겠어요."

"아니다. 내가 네게서 받은 은혜가 더 많아….”

나카무라의 음성은 점점 작아졌다. 숨이 갈수록 가빠져 헐떡거렸다. 성은 숟가락에 물을 떠 입을 적셔주었다.

"얘야, 아가!”

"네.”

"늬 아버지 말이다. 마 행수, 그 사람….”

"제 아버지가 왜요?”

"마 행수가 장천으로 떠나기 전날, 나를 찾아와서 한 얘기가 있다. 장천에서 흙을 가져다 도자기를 빚겠다고. 그래서 세상을 깜짝 놀라게 할 거라고. 자기가 못하면 너와 아들을 시켜서라도 언젠가는 만들고 말겠노라고. 그 사람을 만난건, 내 인생에 가장 큰 행운이었어.”

나카무라는 가쁜 숨을 몰아쉬면서 말을 이었다.

"그 사람이 그렇게 갈 줄 어찌 알았을꼬. 하지만 난 네가 마 행수의 꿈을 이루어주길 바랐다. 그래서 백제인의 실력과 자긍심을 온 세상에 알리기를 바랐다. 비록 내 생전에 그 광경을 못 보고 가지만… 네가 아니라도, 네 아들이라도, 그게 아니면 그 후손대라도 반드시 꿈을 이루길 바란다. 그것이 마 씨 후예가 이루어야 할 가업이자 역사적 과업이다.”

"네, 명심할게요. 반드시 그 꿈을 이루어 보답하겠습니다. 약속할게요."

성은 눈물을 뚝뚝 흘렸고, 나카무라는 행복한 미소를 띤 채 눈을 감았다.

"한세상 고생 많으셨어요. 이제 편히 쉬세요. 그간 고마웠습니다. 안녕히 가세요, 아버님."

나카무라의 장례는 간소하게 치러졌다. 시부상을 마친 성은 아들을 데리고 가마터로 향했다. 그녀의 아들 겐조는 앞으로 그곳이 자신의 평생 일터가 되리라는 사실을 어렴풋이 깨달았다.

*

성은 두 개의 가마소를 하나로 합쳤다. 도공과 일꾼도 얼마 남지 않아 그렇게 하는 편이 효율적이라고 여겼다. 그 무렵 겐조는 글을 배우기 시작했다. 마을 서당에서 왜국어를 배웠고, 집에 돌아와선 백제어를 배웠다. 겐조는 어릴 때부터 명석했다. 한번 보고 들은 건 절대로 잊지 않았다. 특히 글솜씨가 뛰어나 또래를 능가했다. 서당 훈장이 그의 문필을 보고 혀를 내두를 정도였다.

성은 겐조의 문장력이 아버지인 칸쿠로 피를 이어받았다

고 직감했다. 언어 실력도 뛰어나 왜국어와 백제어를 능수
능란하게 구사했다. 글솜씨뿐만 아니라 손재주도 좋아 무엇
을 만들든지 사람들 눈길을 끌어모았다. 어릴 적부터 가마
터 주변에서 흙을 가지고 놀아서인지, 흙을 다루는 재주가
유달리 남달랐다. 성은 그런 겐조를 장차 어떻게 키워야 할
지 고민이 깊어졌다. 문인의 길을 걷게 할지, 가마소에서 일
하며 가업을 잇게 할지.

　겐조의 나이가 열 살이 되던 날, 성은 아들을 조용히 불
렀다.

　"네 나이도 이제 열 살이다. 앞으로 네가 어떤 사람으로
살아가야 할지 묻고 싶구나. 너는 장차 무엇이 되고 싶으
냐?"

　어머니의 갑작스러운 말에 겐조는 적잖이 당황했다. 그
동안 자신이 장래에 무엇이 되고 싶다는 생각은 한 번도 해
본 적이 없었던 까닭이다.

　"그리 갑작스럽게 물어보시면… 솔직히 저는 잘 모르겠
습니다. 무슨 일을 하며 살아야 하는지, 어떤 사람이 되어야
하는지. 저는 어머니를 곁에서 모시고 살고 싶은 생각뿐입
니다."

　"참으로 어리석구나! 아무리 나이가 어리다고 하기로서

니, 그리 분별력이 없어서 어찌할까!"

어머니 호통에 겐조는 뒤통수를 세게 얻어맞은 듯 깜짝 놀랐다.

"내가 평생 네게 효도나 받으려고 이제껏 널 먹이고 입히고 키운 줄 아느냐. 한심한 녀석 같으니라고."

성은 혀를 끌끌 찼다.

"어머니…."

"됐다. 더는 보기 싫으니 그만 나가 보거라."

방에서 나온 겐조는 고개를 푹 숙인 채 가마터로 갔다. 그는 가마터 주변을 한 바퀴 돌면서 어머니가 한 말을 곱씹었다.

'어머니는 내게 뭘 원하는 걸까? 내가 도공이 되어 가마소를 물려받기를 원하는 건가, 아니면 글공부를 열심히 해 학자로 성공하는 걸 원하는 걸까….'

겐조는 한참을 고민했지만, 확실한 해답은 찾지 못했다. 그때 가마터 안쪽에서 사람 발소리가 들렸다.

"거기, 누구요?"

겐조는 퍼뜩 놀라 머리가 쭈뼛 섰다. 어둠 속에서 사람의 형체가 모습을 드러냈다. 봉이었다. 봉도 나이가 들어 거동이 편치 않았다. 더 큰 문제는 정신이 온전치 못하다는 거였다. 어느 날 가마에 장작을 넣다가 쓰러지고 난 뒤부터 사람 구실을 제대로 못 했다. 하지만 이따금 정신이 돌아올 때가 더 많았는지라, 성은 그를 가마소에서 계속 일하게 됐다. 대신 가마에 장작불을 넣는 일은 하지 못하게 했다. 수비질이나 유약 바르기 따위의 작업만 하도록 일렀다.

겐조는 어둠 속에서 모습을 드러낸 이가 누군지 알아채고 겨우 한숨을 내쉬었다.

"할아버지, 날도 어두운데 여기서 뭐 하고 계세요?"

"쯧쯧, 사람들이 그러면 안 되지 말이야. 일이 끝났으면 연장을 제자리에 두고 가야지, 아무렇게나 늘어놓고 가버렸지 뭐야. 그래서 창고에 정리해놓고 나온 참이다."

봉이 정신은 다행히 온전한 모양이었다.

"할아버지도 참. 그런 건 내일 날이 밝으면 해도 될걸…."

"그게, 그렇지 않다. 도공은 그렇게 하루를 마쳐선 안 된다. 처음과 끝이, 아침과 저녁이 같아야 한다. 그런 습관을 들이지 않으면 사발 정도는 만들진 몰라도, 이름난 도공이 될 수 없어."

봉의 말에 겐조는 무심히 고개를 끄덕였다.

"봉이 할아버지. 할아버지는 도공의 삶이 어땠어요? 가마터에서 평생을 보내면서 그만두고 싶은 생각은 없었나요?

궁금해요."

"흠… 겐조."

"네, 할아버지."

"난 말이야. 어릴 적부터 배운 게 도둑질이라고, 단지 기물 만드는 재주밖에 없었다. 가난한 집에서 태어나 글도 배우지 못했어. 천출이라 출세는 가당치도 않았고. 그러다 네 외조부인 마천왕 행수를 만나고 힘든 줄 모르고 일했단다. 우리만의 고유한 전통을 살린 그릇과 사발, 항아리와 옹기가 가마에서 나올 때마다 뭔가 모를 희열을 느꼈지. 대단한 자부심과 함께 말이지. 그러다 네 외조부를 따라 여기까지 오게 됐단다. 벌써 이십 년이라니, 시간 참 빠르구나…."

겐조는 봉의 자글자글한 목주름을 하염없이 바라보다 풍파의 세월에 거칠어진 손을 살며시 잡았다. 봉도 겐조의 손을 맞잡으며 말을 이어갔다.

"네 몸에는 반은 백제인, 반은 왜인의 피가 흐르고 있어. 하지만 너의 친가나 외가 모두 이 가마터에서 인생의 희로애락을 겪었다. 너 역시 이곳에서 태어났고. 그리고 너는 네 부친인 칸쿠로나 어미인 성이 이루지 못한 꿈을 실현해야 할 중책이 있단다."

"중책이요? 그게 뭔데요?"

"도자기. 도자기를 빚는 일이다."

"도자기요? 어머니도 못 한 걸, 제가 어찌…."

"아니야, 너는 할 수 있다. 겐조는 무엇이든 할 수 있다. 나는 널 갓난아기 때부터 봤어. 나카무라 행수가 널 업고 다니면서 입버릇처럼 한 말이 있다. '내 손자는 커서 대단한 인물이 될 거야. 세상을 깜짝 놀라게 할 거야. 그걸로 이 나라에서 최고의 명성을 얻을 것이야'라고."

겐조의 귀에 봉의 말은 예언처럼 들렸다. 동시에 자신이 앞으로 가야 할 길이 여기로구나, 하는 예감이 들었다. 잠시 뒤 봉은 다시 정신이 혼미해졌는지 딴소리를 늘어놓기 시작했다.

"장천에 있는 내 딸이 오늘도 도자기를 굽고 있다는구나. 곱고 예쁜 도자기를, 호호호…."

봉은 한 손으로는 반쯤 구부러진 허리를 부여잡고, 다른 한 손으로는 지팡이를 짚고서 가마터를 내려갔다. 밤길이 어두워 겐조가 뒤따라가며 봉을 부축했다. 집에 다다르기 전, 겐조는 마음의 결정을 내렸다. '날이 밝는 대로 어머니께 말해야지. 어머니가 못다 이룬 꿈, 제가 해 보겠노라고.'

가마터에는 겨울을 재촉하는 비가 밤새 내렸다. 겐조는 빗소리에 뒤척이며 잠을 자는 둥 마는 둥 새벽을 맞았다. 밤새 내리던 비는 어느새 멎었고, 쌀쌀한 바람이 코끝을 스쳤다. 아들의 결심을 전해 들은 성은 사뭇 들떴다. 밤새 무슨 일이 있었는지 모르지만, 감정을 숨길 수 없을 만큼 기쁘고 설렜다. 아들이 가마소에서 일하며 도자기를 만들겠다고 한순간, 성의 눈가에 눈물이 맺혔다.

"겐조, 고맙구나. 내 아들."

성은 아들을 얼싸안았다. 눈가에 맺혔던 눈물이 더는 참지 못하고 뺨을 타고 흘러내렸다.

"어머니, 실망하지 않게 노력할게요. 부지런히 배울게요."

"오냐, 겐조. 나도 성심성의껏 가르쳐보마. 우리 한번 잘해 보자꾸나."

모자는 그날부터 가마소에서 도자기를 만들기 시작했다. 공방 안에선 온종일 물레 돌리는 소리가 끊이지 않았다.

*

첫날 인터뷰는 3시간가량 이어졌다. 인터뷰를 마치고 나니 오전 11시가 조금 넘은 시간이었다. 마 교수는 두 사람에게 근방에 오래된 사찰이 있다고 소개했다. 바람도 쐴 겸 갔다가 아예 점심까지 먹고 오면 어떠냐고 물었다. 겨레와 조부장은 흔쾌히 수락했다. 가벼운 복장으로 갈아입은 셋은 별장을 나섰다. 마 교수는 가는 동안 별장 주변을 감싸 안고 있는 산과 찾아가려는 절을 소개했다.

"이 산의 이름은 만수산이라고 합니다. 참나무와 떡갈나무, 녹나무, 동백 같은 상록 활엽수가 많습니다. 특히 동백나무 군락지는 천연기념물로 지정될 만큼 장관이죠. 바로 그곳에 우리가 가고 있는 절 '천담사'가 있습니다."

"아, 천담사…."

"선배, 천담사를 아세요?"

"들어봤지. 그 옛날 전두환 씨 부부가 은신해 있던데 아닌가?"

"아유 참, 거긴 백담사고요."

"아, 그런가? 잠깐 헷갈렸네. 하하하."

조 부장이 겸연쩍게 머리를 긁적이며 웃자 겨레와 마 교수도 따라 웃었다. 천담사는 별장에서 차로 10분 거리였다. 차량도 올라갈 수 있지만, 일행은 운동도 하고 경치도 볼 겸 걷기로 했다. 주차장을 가로질러 올라가자 일주문이 나타났다. 일주문 현판에는 한자로 '만수산 천담사'라고 새겨 있었다. 절 입구에는 사찰 설명을 적어놓은 안내판이 보였다. 사찰은 통일신라 시대 한 스님이 창건했다고 적혀 있었다. 절 인근에는 조선시대 유명한 문신이 유배를 와 10여 년을 머물며 후학 양성과 실학을 집대성한 유적이 명소로 각광 받고 있었다.

길은 험하지 않았다. 방문객이나 등산객도 많지 않아 한적했고 절은 아담했다. 다채로운 음각의 색이나 저 멀리 보이는 바다 풍광은 휴가지로 제격이었다. 무엇보다 일주문에서 대웅전까지 가는 길에 마 교수가 설명했던 동백나무 숲길이 가을의 정취를 만끽하게 했다. 꽃은 일찌감치 지고 없었지만, 하늘과 땅의 기운이 비자나무, 후박나무, 푸조나무 등 수천 그루 나무 속으로 스며들어 방문객들에게 청량함을 선사했다.

일행은 동백나무 숲을 지나 팔작지붕의 대웅전 앞에 섰다. 셋은 활짝 열린 대웅전 안 불상을 향해 세 번 합장했다. 거레는 절을 올리고 싶다며 법당 안으로 들어갔다. 실내에는 여러 마리의 용과 봉황 조각으로 장식돼 있었다. 거레는 방석을 앞에 가져다 깔고 합장했다. 그러고는 자비심 넘치는 부처님을 바라보며 연거푸 절을 올렸다. 절을 하는 동안 그는 속으로 이런 기도를 올렸다.

'부디, 이 상황이 해피엔딩으로 끝나길, 그래서 모두가 행

복해질 수 있게 살펴주소서!'

거레가 법당에서 나오자 일행은 대웅전 바로 앞에 있는 만경루에 올랐다. 만경루는 스님들이 수행하던 공간이었는데, 지금은 템플스테이나 문화행사를 하는 공간으로 바뀌었다. 몇 년 전에는 정약전의 이야기를 다룬 영화의 한 장면을 촬영하기도 했다. 셋은 만경루 창밖으로 보이는 긴 의자에 나란히 앉았다. 분홍색 꽃이 핀 배롱나무가 운무가 어우러져 진풍경을 연출했다. 조 부장은 헛기침을 한번 한 뒤 말을 뱉었다.

"경치가 장관이네요. 오래된 사찰에서 느껴지는 향내와 아늑한 분위기도 좋고요."

"절 주변에 심어진 동백도 아름답고, 차밭도 좋습니다. 천담사라는 이름은 이 절과 관련한 전설이 천 개나 된다는 데서 지어졌고, 만경루는 만 가지 경치를 볼 수 있다고 붙여진 이름이라고 하니, 그야말로 천년고찰이라고 할 수 있죠."

마 교수는 천담사와 만경루 유래를 간단히 설명했다. 두 번째 인터뷰는 만경루에서 진행됐다.

*

성과 다르게 월은 장천에서 도자기 굽기에 성공했다. 지금의 고려청자처럼 색이 곱고 문양이 고르진 못했지만, 부친인 천왕이 물려준 그림과 엇비슷했다. 불 조절에도 성공해 금이 가지도 않았다. 당나라에서 전해진 유약이 그리 좋지 않아 색감은 나오지 않았지만, 모양은 제법 그럴싸했다. 월이 만든 도자기는 지금 말로 '대박'이 났다. 특히 관가에서 월이 만든 자기를 진상품으로 올리면서 입소문이 났다. 그 덕에 비싼 값에 팔리며 호황을 이뤘다. 그 덕에 월은 갑부가 됐다. 그리고 월은 봉이 딸인 민閔가 언년과 결혼해 가정을 꾸렸다. 하지만 섬나라에서 고생하고 있을 동생을 떠올릴 때마다 가슴 한구석이 답답했다.

언년은 월과 가정을 이룬 이듬해 딸 쌍둥이를 낳았다. 이름은 아름다운 연꽃과 난초를 떠올려 '미연'과 '미란'이라고 지었다. 월 부부는 왜국에 있는 봉과 성에 대한 그리움을 아이들을 키우며 이겨냈다. 쌍둥이들이 장성해 열일곱이 되었을 때, 월은 그녀들에게 도자기를 빚도록 했다. 산에 가서 장작을 해오는 일부터 시켰다. 무슨 일이든 기본과 기초가 튼튼해야 다음 단계를 넘어갈 수 있고, 모든 과정을 직접 할 줄 알아야 비로소 장인의 길을 걸을 수 있다고 입버릇처럼 말했다.

쌍둥이들은 고분고분 아버지 말을 따랐다. 그들 역시 어릴 적부터 가마터가 놀이터였고, 흙이 놀잇감이었기에. 월과 성이 아버지 천왕의 가마터에서 어린 시절을 보낸 것처럼, 그들도 스스럼없이 운명을 받아들였다. 더구나 쌍둥이들은 도자기를 만들어 팔면 돈이 생긴다는 걸 일찌감치 알았다. 예쁜 도자기를 하나라도 더 만들겠다고 아침부터 졸린 눈을 비비고 일어나 제일 먼저 물레 앞에 앉았다. 그런 딸들을 바라보는 월 부부는 신통방통하게 여겼고, 그들이 만든 도자기는 만드는 족족 팔려 나갔다.

월의 가마소에서 높은 품삯을 준다는 소리에 도공과 일꾼들이 앞다퉈 몰려들었다. 하지만 월은 새로운 일꾼을 들이지 않았다. 그것이 자신이 데리고 있는 사람들에 대한 예의라고 생각했다. 아프고 병들어 일을 쉬거나, 결원이 생겼을 때 한둘씩 충원하는 형태로 가마소를 운영했다. 제 식구만 감싼다며 곱지 않은 시선도 있었지만, 월은 아랑곳하지 않았다.

월의 가마 안에서는 요염하고 아리따운 자태의 자기뿐만 아니라 튼튼한 사발과 접시, 항아리, 옹기, 장독이 날마다 쏟아져나왔다. 그때마다 월은 소달구지에 가득 실은 기물을 저자와 벼슬아치에게 가져다주고 돈을 받아왔다. 월은 그

돈을 가져다 가마터 확장에 썼다. 인근 땅을 사들였고, 그 땅에 가마를 추가로 지었다. 그렇다 보니 인력 충원도 불가 피했는데, 그것에 토를 다는 가마소 일꾼은 아무도 없었다. 월의 가마소에서는 본인이 원치 않는 한 강제로 해고하지 않았고, 해를 거듭할 때마다 품삯을 늘려 사기를 북돋웠기 때문이다.

월의 파격적인 장사수완과 경영방식은 장천을 떠나 주변 지역까지 입소문이 났다. 다른 사업을 해보지 않겠냐고 꼬드기는 치도 더러 있었지만, 월은 단칼에 거절했다. 자신은 나고 자랄 때부터 흙만 만져서 다른 일은 할 줄 모른다며 물 렸다. 언년은 남편의 완고한 고집과 성격이 썩 맘에 들지 않 았다. 그렇다고 남정네가 하는 일에 감 놔라, 배 놔라 하기 도 싫어 내버려 뒀다.

그러다 시련이 닥쳤다. 봉이 세상을 떠났다는 부고가 전 해지면서 월 부부는 한동안 슬픔에 빠져 지냈다. 왜국에 가 보고 싶었지만, 당시 후백제는 내부 왕권 다툼에 시끄러웠 다. 그 여파로 배가 뜨지 못했다. 탈출하는 백성이 늘어나면 서 해안 경비가 삼엄해진 까닭이다. 관가에서는 갈수록 월 에게 더 저렴한 것, 더 튼튼한 것, 더 아름다운 것을 원했다. 거래처가 하나둘 끊겼고, 월의 고민은 깊어졌다. 부부 사이에 다툼이 잦아졌고, 그때마다 월은 술집을 찾아갔다. 가서 기생을 끼고 술을 마셨다. 돈을 탕진하거나, 기녀들에게 행패를 부리거나 한 건 아니었지만, 일과가 여느 때와 사뭇 달라졌다.

월의 가마소는 한순간에 분위기가 축 가라앉았다. 하루는 쌍둥이들이 월의 방을 홱 젖히고 들어왔다. 그러고는 '어찌 일으킨 집안인데, 망조가 들게 하느냐'며 다짜고짜 따졌다. 월은 술이 덜 깨서인지, 갑작스러운 딸들의 행동에 놀라서인지 정신이 어렴풋했다. 눈앞에 있는 아이가 미연인지, 미란인지 분간하기도 어려웠다. 워낙 똑같이 생겼는지라 잠시 누군지 알아보지 못했는데, 실제 그의 앞에서는 미연과 미란 둘이 같이 앉아있었다. 월은 딸들의 말에 정신이 번쩍 들었다. 그러고 보니 요즘 들어 가마소 일도 등한시한 게 사실이다. 장부도 제대로 확인하지 않았다.

월은 무슨 불길함을 느꼈는지, 밖에 나와 찬물에 세수하고, 밥을 먹는 둥 마는 둥 하곤 가마소로 올라갔다. 멀리 새로 만든 가마터에서 연기가 피어올랐다. 그건 가마를 구울 때 나는 연기가 아니었다. 월은 불이야! 라며 고래고래 소리를 지르며 뛰어갔다. 그가 가마터에 도착했을 때 불길은 이미 걷잡을 수 없이 번졌고, 일꾼들은 저마다 물동이를 나르며 불을 끄려고 무진 애를 썼다.

　성난 불길은 쉽게 가라앉지 않았다. 자칫 산바람까지 불어 기존 가마소까지 옮겨붙을지도 모르는 상황이었다. 언년은 어쩔 줄 몰라 하며 아이고, 아이고 소리를 내다 졸도했다. 월은 정신없이 물을 퍼다 날랐다. 불은 한 시진時辰이 지나서야 꺼졌다. 모든 것을 태웠다. 불을 끄던 인부들의 얼굴도, 월의 속도 하나같이 새카매졌다. 월은 잿더미가 된 가마터 땅바닥에 힘없이 주저앉았다. 한숨 대신 나온 건 눈가를 타고 흐른 눈물뿐이었다. 미연과 미란이 월의 옆에 다가와 검게 그을린 월의 손과 얼굴을 어루만졌다.

　"아버지, 저희가 예전처럼 돌려놓을게요. 괜찮아요. 아무 걱정하지 마세요."

　월은 쌍둥이를 끌어안고 엉엉 울었다. 울면서 미안하구나, 미안하다만 되풀이했다. 불에 탄 새 가마터는 그날부터 가동을 멈췄다.

비밀의 열쇠

만경루에서 인터뷰를 마친 마 교수 일행은 점심을 먹으러 갔다. 절 주변에는 예나 지금이나 사찰 음식점이 자리를 틀었는데, 천담사도 비슷했다. 마 교수는 일행을 '청자골'이라고 적힌 식당으로 안내했다. 닭과 오리백숙, 버섯전골이 대표 메뉴였다. 마 교수는 식당 주인과 잘 아는 사이인 듯했다. 식당 여주인 역시 마 교수에게 반갑게 인사한 뒤 기다렸다는 듯 버섯이 잔뜩 들어간 오리 전골을 내왔다.

"서울에서 귀한 손님들이 오셨는데, 미역국만 계속 드시게 할 순 없죠."

마 교수는 겨레와 조 부장을 번갈아 쳐다보며 말했다.

"아유, 이렇게까지 안 하셔도 되는데…. 괜히 저희가 교수님께 부담만 드리는 것 같아서 송구합니다."

겨레와 조 부장의 당혹한 표정에 마 교수는 두 손을 흔들며 괜찮다고 했다.

"두 분, 그런데 여기가 어딘지 아십니까?"

"여기요? 백숙집 아닌가요?"

"그렇죠. 백숙집이죠. 그런데 그냥 백숙집이 아닙니다."

마 교수가 웃으면서 하는 소리에 겨레와 조 부장은 서로 멀뚱멀뚱 쳐다보기만 했다.

"몇 년 전, 댐 수몰지구 유적발굴 조사문화유적 발굴을 마치고, 반원들과 회식하러 처음 왔던 곳이죠."

"그럼 혹시 차 행정관이랑 같이 왔던?"

"맞습니다. 여기가 바로 그 식당입니다."

조 부장은 차유민과 했던 술자리의 기억을 더듬었다. 그중에도 식당 곳간채에서 마 교수와 같이 봤다던 그림 이야기를 떠올렸다.

"교수님, 차 행정관 말로는 두 분이 이 식당 어딘가에서 도자기 그림을 두 점 발견했다고 하던데요. 그리고 그중 하나가 이번에 대통령실에서 유령처럼 사라졌다는 연화 무늬 매병이고요."

"지금은 곳간채가 없습니다. 당시 식당 사장님은 암 투병 끝에 얼마 전 돌아가셨고요. 지금 사장님은 그분 여동생입니다."

"아…."

겨레와 조 부장은 동시에 대답했다,

"그럼, 작고한 사장님과 그림은 어떤 관계였나요?"

"그분은 바로, 봉의 후손이었습니다."

겨레와 조 부장은 깜짝 놀라 눈이 동그래졌다.

"아니, 그렇다면 그 그림은 조상대에서 물려 내려온 그림이었겠네요?"

"그렇습니다. 봉의 딸이 조 월의 부인이었으니, 제 직계 조상이기도 하죠."

"세상에 이런 일이…."

겨레의 입이 떡 벌어졌다.

"이런 걸 두고 인연이라고 하나 봅니다. 회식 다음 날 차 행정관과 여기를 다시 왔고, 사장님과 만나 저희 집안 내력과 역사를 설명했죠. 사장님께서도 두 분처럼 처음에는 깜짝 놀라더군요. 그리곤 곳간채에 그림을 붙여놓고 정화수를 떠 놓은 이유를 들을 수 있었습니다. 그건 바로 연화 무늬 매병이 도난당한 사실을 알고 부디 안전한 곳에 가 있기를 바라는 마음이었다고 합니다. 간절한 기도에도 불구하고, 연화 무늬 매병은 어디에서도 찾을 수가 없었죠."

"그게 바로, 대통령실에서 사라진 청자라는 건가요?"

"그렇습니다. 하지만 대통령실 수장고에 들어오기 전부터 청자는 이곳 사장님의 손을 떠났습니다. 아마도 암시장에서 거래가 되다가 대통령실까지 흘러 들어간 것으로 추측

할 따름입니다."

"그런 국보급 문화재를 훔쳐다 암시장에 내다 팔다니…."

겨레는 화가 치밀어 하마터면 욕이 나올 뻔했다. 조 부장이 침착한 어조로 마 교수에게 다시 물었다.

"그럼 그 연화 무늬를 새긴 청자는 누가 만들었고, 도난당하기 전까지 누가 어디에 보관했는지 아십니까?"

마 교수는 백숙과 함께 나온 도토리묵 한 점을 나무젓가락으로 집어 물었다. 아무래도 오후부터 저녁까지 이곳에서 꽤 긴 시간을 보내야 할 것 같다는 생각이 들었는지, 주인에게 막걸리를 가져다 달라고 했다.

"이곳은 산자락이지만, 날이 금방 저물진 않습니다. 시간이 오래 걸릴 듯하니, 시원하게 막걸리 한잔하면서 마저 이야기를 들려 드리죠."

겨레는 가방에서 주섬주섬 노트북과 핸드폰 거치대를 꺼냈다. 술 취하기 전에 받아적든, 영상 녹화를 해둬야겠다는 생각에.

이윽고 주인이 내온 막걸리에 세 사람은 한 잔씩 따라 붓고 건배했다. 뽀얗고 맑은 술에서 풍기는 곡주 냄새가 백숙과 도토리묵 무침과 어울려 운치를 더했다.

＊

잔을 비운 마 교수는 고기 한 점을 씹으면서 바람이 불어
오는 산허리를 물끄러미 바라봤다. 그의 눈은 아주 먼 역사
의 기억을 거슬러 올라가는 중이었다.

"연화 무늬 청자를 처음 만든 건, 월의 딸 미란의 아들이
었습니다. 그러니까 월의 손자이며, 마천왕의 증손자뻘이
죠."

"미란의 아들이라면, 외가 쪽이겠군요."

"그런데 당시 족보가 상당히 복잡합니다. 미란은 자기의
아들 성姓을 마 씨로 했으니까요."

"네? 그게 어떻게 가능하죠?"

"미란은 시집을 가지 않았습니다. 지금 말로 따지면 양자
를 들인 거죠. 집안을 일으키기 위해 자신의 모든 인생을 도
자기에 걸었던 겁니다. 그 덕에 마씨 집안의 손은 끊기지 않
았고, 그 아들이 기술을 배우고 익혀 후세에 청자가 만들어
질 수 있었던 겁니다."

"실로 놀랍군요."

조 부장은 미란의 쌍둥이 언니 미연의 행방이 궁금했다.

"그럼, 미연은 어떻게 됐나요? 그분도 같이 도자기를 만

182

들었나요?"

"아뇨. 미연은 고관대작 집에 시집을 갔습니다. 월의 야심작인 새 가마터가 화재로 잿더미가 된 이후 그의 집안 상황은 급속히 악화했습니다. 가마터를 확장하는데 들어갔던 땅과 건축비 그리고 인력 품값이 빚더미로 돌아왔으니까요. 그동안 모아둔 재산으로 어떻게든 버텨보려 했지만, 도저히 감당하기 어려웠습니다. 자칫하면 기존의 가마터까지 넘어갈 지경이었으니까요."

"그럼 미연은 집안을 살리려고…?"

"거의 그런 셈이죠. 그렇지 않으면 집안이 풍비박산 나고, 식구들이 목숨을 부지하기 어려웠으니까요. 마침 대가 집 종손이 자손이 없어 속을 끓이던 참에, 빚을 모두 탕감해준다는 말에 시집을 가겠다고 나선 거죠."

"말이 시집이지, 씨받이로 팔려 간 거나 다름없네요."

조 부장은 혀를 차며 술잔을 들이켰다.

"월은 딸의 결심을 듣고 며칠을 끙끙 앓아누웠습니다. 얼마나 비통하고 딸에게 죄스러웠겠습니까. 하지만 미연은 오히려 부모에게 마음 단단히 먹으라고 일렀고, 미란에게도 무슨 일이 있어도 가마터는 온전히 지켜내라고 신신당부했다고 합니다."

겨레는 미란이 결혼하지 않고 양자를 들였다는 대목에 의문이 들었다.

"그럼 시집간 미연이 낳은 아들이 미란의 양자가 된 건가요?"

"자손을 이어주러 간 집안에서 낳은 아들을 어떻게 양자로 보낼 수 있겠습니까?"

"하긴, 그렇겠군요."

"미란의 양자는 다름 아닌 겐조 아들이랍니다."

"네? 뭐라고요?"

겨레와 조 부장은 기겁했다. 섬나라에 살던 겐조가, 또 그의 아들이 어떻게 장천으로 와 양자가 되었다는 말인가. 두 기자는 마 교수 이야기를 들을 때마다 그의 집안이 참으로 묘하고 신비로운 역사를 대물림하고 있다는 느낌이 들었다.

*

겐조는 어머니 성과 자신의 세 아들, 그리고 아내를 데리고 항구에서 배를 기다렸다. 어머니 고향인 장천으로 가는 길이었다. 외사촌 격인 미연이 혼례를 치르는 걸 보러 길을 나선 참이다. 성은 근 이십 년 만에 찾는 장천행에 사뭇 들떴다. 얼굴 한 번 못 본 새색시는 얼마나 예쁠까 머릿속으로 상상하면서.

당시 왜국 해안도 경비가 삼엄했지만, 애경사를 다녀오기 위해 배를 타려는 이들까지 단속하진 않았다. 문제는 장천만에서 이들을 받아줄지가 관건이었다. 하지만 미연의 시집이 워낙 지체 높은 집안이라 큰 문제는 없을 거라는 게 월의 전언이었다.

항구를 떠난 배는 거친 물살을 헤치며 힘차게 나아갔다. 처음 타보는 배가 신기한 듯 겐조의 세 아들은 파도에 부서지는 물살을 신기하게 바라보며 종알댔다. 하늘에는 솜사탕 같은 뭉게구름이 두둥실 떠 어린 삼 형제의 첫 해외 나들이를 환영했다. 겐조의 세 아들인 히로키, 신야, 토모야는 마냥 들떠 갑판을 이리저리 뛰어다녔다. 성은 손주들이 행여 미끄러져 바다에 빠질까 염려했고, 겐조의 아내 역시 아이들을 말리고 쫓아다니느라 부산했다.

배가 출발한 지 몇 시간이 지났을 때, 성은 아버지 천왕을 떠올렸다. 넘실대는 파도와 푸른 바닷물결에 아버지 얼굴이 희미하게 어른거렸다.

"아, 아버지…. 한없이 그리운 분, 불쌍한 분…. 저 깊은 물 속이 얼마나 차가웠을까, 얼마나 숨이 막히고, 고통스러웠을까. 가족들 얼굴이 얼마나 떠올랐을까…."

성은 넋이 나간 듯 바다를 바라보며 중얼거렸다. 그 광경을 지켜보던 겐조는 조용히 옆으로 다가와 앉았다.

"어머니, 무슨 생각을 그리하세요?"

"응. 늬 외할아버지."

"외할아버지라면… 파도에 배가 뒤집혀 돌아가셨다는?"

"그래. 여기쯤인가 어디쯤인가, 할아버지의 외로운 넋이 떠돌겠구나."

"어머니. 할아버지는 좋은 곳으로 가셨을 거예요. 바다가 아니라 저 파란 하늘 위에서 지금 어머니와 저를 지켜보고 계실 거예요. 외삼촌 댁 식구들도 다시 일어서고, 저희 식구들도 건강하고 행복하게 지켜주실 거니까, 아무 걱정하지 마세요."

아들의 말이 위안이 됐는지, 성의 미간이 잔잔한 바닷물결처럼 펴졌다.

구름이 달을 가렸다. 밤바람이 바다 위를 쓸듯이 지나갔다. 북서풍을 탄 배는 나는 듯이 가볍게 바다를 가로질렀다. 그리고 이틀 만에 목적지인 장천만에 도착했다. 장천만에 도착한 건 노을이 빨갛게 물든 저녁나절이었다. 월의 말대로 배에서 내린 일행을 제지하는 관군은 없었다. 배에서 무사히 내린 6명의 겐조 가족은 부둣가로 걸어갔다. 그곳에는 월이 보낸 우마차가 대기하고 있었다. 소달구지를 끌고 온 일꾼은 월과 닮은 얼굴의 눈매를 보고 대번에 그가 성이라는 걸 알아차렸다. 일꾼은 성에게 먼 길 오느라 고생했다며 꾸벅 허리 숙여 인사했다. 그런 다음 아이들부터 차례로 달구지에 앉혔고, 모두 탑승한 걸 확인한 뒤 출발했다.

길이 평탄치 않은 탓에 달구지는 자꾸 터덜거렸다. 그래도 탑승자들에게는 아무런 불편도 아니었다. 그리운 장천 땅을 밟은 성은 달구지에 앉아 가는 내내 주변 경치에서 눈을 떼지 못했다. 오라버니와 산자락을 오르내리며 산짐승을 잡고, 나물과 약초를 캐던 시절, 이사 온 가마터에서 신나게 뛰놀던 시절이 하나둘 떠올랐다. 부친의 부고를 듣고도 장례조차 치르러 오지 못했던 애증의 땅 장천에, 그녀가 돌아왔다. 아들 며느리, 손자들을 대동하고.

일행을 실은 달구지가 마을 어귀에 다다랐을 때, 고래 등 같은 집들이 눈에 들어왔다. 곧이어 대궐 같은 집에 당도하자 성의 입이 떡 벌어졌다. 맥과 심장 뛰는 속도가 빨라졌다.

"여기가 정녕 내 오라버니가 사는 집이란 말이요?"

성은 달구지에서 내리지도 못한 채 소를 끌고 온 일꾼에게 몇 번을 물었다.

"아이고, 참말로 그만 좀 물어보소. 여기가 바로 조 월 행수님 자택이 맞습니다."

목이 빠져라 담장 너머를 보고 있던 월은 밖에서 소 울음소리를 듣는 순간 심장이 멎는 듯했다. 신발을 신는 둥 마는둥 내처 대문으로 내달렸다. 문이 열리고, 드디어 성과 재회했다. 두 사람의 눈빛이 서로 마주친 순간, 누가 먼저랄 것 없이 참았던 눈물이 쏟아졌다.

"오라버니, 저 왔소. 그간 무탈하셨소?"

"오냐, 먼 길 오느라 고생 많았네. 내가 여태껏 기침도 한 번 않고 살았다. 너를 만나면 건강한 모습을 뵈 주려고. 요며칠 새벽바람으로 동네 어귀를 몇 바퀴 돌았다. 네가 오는 길 풍랑 많이 치지 말라고 천담사 부처님 전에 시주도 하고, 절도 하고, 기도도 했다."

"그 절 부처님 염력이 참 신통한 건지, 오라버니 기도가 방통했나, 오는 내내 물결이 어찌나 잠잠한지, 뱃멀미 한번 없이 편하게 왔소."

이십여 년 만에 만난 오누이는 그렇게 눈물 바람으로 인사를 나눴다. 그사이 겐조의 아이들이 대문 안을 기웃거리며 서성거렸다.

"오라버니, 우리 아들 내외랑 손자들이 같이 왔어요."

"오오, 그렇구나. 어서 오려무나."

"외삼촌, 나카무라 겐조라고 합니다."

겐조는 어릴 적부터 성에게 백제어를 배워 의사소통에는 전혀 문제가 없었다.

"아버지 칸쿠로를 쏙 뺐구나. 이래서 씨도둑은 못 한다고 했는가."

월은 나카무라 가마소에 들렀을 때 청년 칸쿠로를 잠깐 본 적이 있다. 가마터 주변에 앉아 조용히 책을 보던 모습이 눈에 선했다. 그 청년이 동생과 혼인했고, 또 그 아들이 커서 세 아이의 아버지가 돼 자신 앞에 서 있었다.

"그렇고 보니 세월이 참 모질게도 흘렀구나!"

월은 일행을 데리고 안채로 들어갔다. 안채 부엌에서 음식을 준비하던 언년이, 다시 말해 봉의 딸은 성을 보자마자 버선발로 뛰쳐나왔다.

"아이고, 이게 누구요. 성님 아니요?"

언년과 성은 부둥켜안고 또다시 눈물 바람을 했다.

"봉이 아재도 같이 오셨으면 참말로 좋았을 건디…."

성이 죽은 아비의 말을 꺼내자 언년은 에고, 에고, 소리를 내며 곡을 했다.

"말년에 고생을 좀 하긴 했지만, 편히 가셨네. 내가 잘 모셨으니, 좋은 데로 가셨을 걸세."

성은 언년을 껴안고 등을 가볍게 토닥거렸다.

언년과 전을 부치고 있던 미란이 부엌에서 쭈뼛거리며 나왔다. 말로만 듣던 왜국의 친척이 낯설게 다가왔다.

"미란아, 너도 이리 와서 인사드려라. 고모님이시다. 그리고 여기는 고종사촌인 겐조와 아이들이란다."

"어서 오세요. 오랜 뱃길에 고단하실 텐데, 그렇게 서 있지 말고, 안으로 드시지요."

미란은 어느새 겐조의 아내 곁으로 가 어린 삼 형제 손을 잡고 별채로 이끌었다.

"그래. 먼 길 오느라 힘들었을 생각을 내 미처 못했구나. 별채로 가서 좀 씻고, 새 옷으로 갈아입거라. 장천에서 제일 좋은 천으로 옷을 지었단다. 준비를 마치는 대로 저녁을 먹자꾸나."

월은 신이 나서 직접 동생 일행을 별채로 안내했다. 별채는 안채 뒤쪽에 있었는데 방이 네 칸에 정자와 우물을 갖추고 있었다. 성과 겐조 식구는 별채에 있는 방 두 곳에 나눠 들어갔다. 방은 널찍해서 한 방에 열 명이 자도 남을 정도였다. 겐조의 아내는 서둘러 아이들을 우물 옆으로 데려다 씻기고 옷을 갈아입혔다. 왜국에서 올 때 가져온 옷이 있긴 했지만, 월이 손수 마련한 새 옷을 입히기로 했다. 성과 겐조 역시 새 옷으로 갈아입었는데, 모양새가 대가 집 규수와 대 감마님처럼 풍채가 있어 보였다.

"아주 잘 어울리는구나. 꼭 맞췄어."

월은 가족들을 일일이 바라보면서 흡족한 듯 말했다.

"이렇게 귀한 옷을 준비해주시다니… 고마워요, 오라버 니."

"고맙다니. 당치도 않다. 오라비가 돼서 이 정도도 못 할 까. 아무 소리 말거라."

남매가 옷을 품평하는 동안 언년과 미란은 저녁을 내왔 다. 상은 푸짐했다. 씨암탉을 잡아 만든 백숙, 장천만에서 잡아다 뜬 전어회, 굴비, 갈비찜, 버섯과 호박, 명태살로 부 친 모듬전, 도토리묵과 채소 무침, 수정과에 식혜까지. 갓 지은 쌀밥에서는 김이 모락모락 오르며 구수한 냄새를 풍겼 다. 산해진미가 따로 없었다.

"아니, 오늘 무슨 잔칫날 같네요. 상다리가 휘어지겠어요."

성은 수북한 밥과 반찬을 보고 눈이 휘둥그레졌다.

"암만, 잔칫날이고 말고. 내 딸이 시집을 가고, 내 동생과 조카 식구들이 오랜만에 왔으니 겹경사가 아니겠느냐. 하하 하."

월은 어찌나 기분이 좋은지 웃음소리가 담장 밖까지 들렸다. 식구들이 웃고 떠드는 소리에 밤도 깊어갔다. 여독 때문인지 아이들은 겐조의 아내 무릎에서 잠이 들었다. 그러나 막내 토모야는 눈을 똘망똘망 뜨고 어른들의 대화를 지켜봤다.

"토모야, 형님들은 잠들었는데 너는 졸리지 않느냐?"

성이 물었다.

"네, 할머니. 저는 하나도 졸리지 않아요. 그냥 너무 즐거워요."

말은 졸리지 않다면서 토모야는 즐겁다는 말이 끝나기 무섭게 하품을 길게 했다. 올해 다섯 살인 토모야는 손 위 형들보다 체구는 작았지만, 몸이 단단했다. 근성도 남달라 누구에게도 지는 걸 싫어했다. 그래서 동네 꼬마들과 모여 놀이라도 할라치면 어떻게든 이겨야 직성이 풀렸다. 이길 때까지 놀이를 끝내는 법이 없었다. 끝내 지기라도 하는 날에는 씩씩거리며 잠도 제대로 못 자는 아이였다.

"토모야는 어찌나 힘이 좋고, 날쌘지 동네에서 소년 장사로 소문이 자자해요."

겐조가 막내아들 자랑을 늘어놨다. 겐조의 말에 월은 '얼굴 생김새나 눈매가 예사롭지 않아, 나중에 정말 큰 일을 할

상'이라며 분위기를 띄웠다. 어른들의 칭찬에 기분이 한껏 좋아진 토모야는 자리에서 일어나 왜국어로 노래를 불렀다. 엉덩이를 양쪽으로 흔들며 춤도 췄다. 방에 모인 사람들은 토모야 재롱에 손뼉을 치며 함박웃음을 지었다.

노래와 춤추기에 지쳤는지 토모야는 얼마 못 가 곯아떨어졌다. 이제부터는 온전히 어른들만의 시간이었다. 언년이 내온 술상을 앞에 놓고 월이 성과 겐조에게 근심 어린 목소리로 말했다.

"다들 알다시피 나는 딸만 쌍둥이야. 아들이 없지. 더구나 미연이는 내일 혼례를 올리면 집을 떠나 살아야 해."

그늘진 오라비 얼굴을 쳐다보던 성이 입술을 잘근잘근 깨물었다.

"미란이가 내 뒤를 이어 도자기를 만들겠다곤 하지만, 아비 된 자로서 맘이 편치 못하구나. 천추의 죄를 짓는 것 같기도 하고…."

"대를 이을 자식이 없다는 게 마음에 걸린다는 말씀이시군요."

겐조가 월을 안타깝게 바라보며 물었다.

"그래. 그래서 저 어린아이들을 보니 이런저런 생각이 들더구나. 저 녀석들이 내 아들이었으면, 친손자였으면 어땠

193

을까….”

“그 무슨 당치도 않는… 모처럼 술을 드시더니 벌써 취했
나, 허튼소리를 할 거면 이불이나 펴고 주무시오.”

옆에서 푸념을 듣고 있던 언년이 월의 손을 탁, 치며 쏘아
붙였다. 월 부부를 지켜보던 성과 겐조의 동공이 흔들렸다.
월의 진심이 느껴졌기 때문이다. 그건 바로, 평생을 가마터
에서 살아오면서 도자기를 빚어온 장인匠人의 소명 의식이
었으리라.

“어이쿠. 내가 정말 쓸데없는 소리를 해서 술맛을 떨어뜨
렸구나. 이녁 말대로 내가 취했다 보구면.”

늦은 밤까지 이어졌던 술자리는 그렇게 끝이 났다. 언년
이 술상을 물렸고, 겐조의 아내가 따라 나가 부엌에서 뒤치
다꺼리를 도왔다. 성과 겐조, 미란이 아이들을 하나씩 업고
별채로 향했다. 성은 삼 형제를 뉘어 놓고 나가려던 미란의
소매를 붙잡았다.

“미란아!”

“네. 고모님.”

“너는 정녕 시집을 가지 않고, 평생을 도공으로 살기로 결
심한 거냐?”

성의 목소리는 부드럽고 자애로웠다. 하지만 질문 속에

는 미란의 의중을 재차 확인하겠다는 의지가 강했다.

"언니가 시집을 갔는데, 저까지 집을 떠나면 아버지랑 가마터는 어떻게 해요. 그리고 저는 사내 몸 만지는 것보다 흙 만지는 게 더 좋아요. 호호."

"요 녀석. 이제 그런 농도 아무렇지도 않게 할 정도로 컸구나. 어른이 됐다고."

"아유, 고모님도 참."

미란이 부끄럽다는 듯이 얼굴을 붉혔다.

"미란아."

성이 미란을 가만히 불렀다.

"무슨 하실 말씀이라도…."

"저기, 너 말이야…."

"네, 괜찮으니 말씀하셔요."

"토모야를 양자로 데려다 키울 수 있겠느냐?"

"네? 고모님, 지금 그게 무슨 말씀이세요?"

미란은 성의 갑작스러운 제안에 눈이 커다래졌다. 머리가 쭈뼛 서고, 등골이 오싹해졌다. 등에선 식은땀이 주르륵 흘렀다.

"지금부터 내가 하는 말 잘 듣거라. 네가 가업을 물려받더라도, 네 후손이 없으면 어차피 가마소는 너에게서 끝날 수

밖에 없는 노릇 아니냐."

"그, 그건, 그렇지만…."

"아까 네 아비가 한 말도 다 그런 걱정 때문 아니겠느냐. 손이 끊기면 우리 집안도 끊기고, 대대로 물려 내려온 가마 터도 끝나는 것이니."

미란은 길게 심호흡했다. 정신을 가다듬어야 했다. 신중하게 판단해야 했다. 그런 다음 대답해야 했다.

"고모님, 저도 그런 사정을 모르는 건 아니에요. 하지만 토모야를 제 양자로 들이려면 맨 먼저 토모야 부모가 허락해야 해요. 그들이 승낙하지 않으면 아무리 제가 토모야를 키우고 싶다고 해도 불가능할…."

미란의 말이 끝나기도 전에 성이 대꾸했다.

"그건 걱정 말거라. 겐조와 며느리는 이미 알고 있다. 결정도 했고."

"네? 고모님, 그건 또 무슨…."

성은 장천으로 오기 며칠 전 겐조 부부를 조용히 불렀다. 그리고 세 아이 중 토모야를 미란의 양자로 보내자고 제안했다. 겐조 부부는 당혹스러웠지만, 성의 말뜻에 공감했다. 당시 왜국에서는 양자를 들이는 풍속이 만연했다. 자초지종을 전해 들은 미란은 말없이 방에서 나와 자신의 방으로 돌아갔다. 잠이 오지 않았다. 이리 뒤척, 저리 뒤척이며 밤을 꼬박 새웠다.

다음 날 아침, 미란은 결단을 내린 듯 상을 물린 뒤 양쪽 식구들을 모아놓고 토모야를 양자로 삼겠노라 선언했다. 어려운 결정을 내린 미란에게 모두가 잘했다고 격려했다. 성은 미란에게서 자신의 젊은 시절을 보는 듯했다. 아버지인 천왕이 죽은 뒤 나카무라 가마소 2호점을 맡겠다고 호언장담했던 지난날이 떠올랐다.

"미란이는 잘 할 수 있을 게야. 토모야를 훌륭한 도공으로 키울 수 있을 게야. 암, 그렇고말고."

성은 혼잣말로 중얼거렸는데, 옆에 있던 미란은 그 소리를 들을 수 있었다. 토모야는 어른들이 어떤 결정을 내렸는지 영문도 몰랐다. 그러나 왠지 새로운 곳이 마음에 들어 떠나기 싫었다. 그러다 갑자기 겐조에게 '왜로 돌아가기 싫고 여기서 살고 싶다'고 말해 모두를 놀래켰다.

토모야의 돌발 발언에 어른들은 수월하게 그를 미란의 양자로 들일 수 있었다. 아침 설거지를 마친 월과 성의 가족은 미연의 혼례식을 보러 갈 채비를 했다. 어른들은 혼례 예복을 갖춰 입었고, 아이들은 색동저고리를 입었다. 미연은 대감집으로 살림을 옮긴 상태였다. 미연의 시댁은 월의 이웃

197

마을이었는데, 거리는 멀지 않았다. 식장에 도착한 일행은 미연의 얼굴부터 살폈다. 그녀는 의외로 행복해 보였다. 쪽머리에 긴 비녀를 꽂았고, 얼굴에는 하얀색 분을 칠했다. 파란색과 빨간색 염료로 짠 옷을 입은 미연은 하늘에서 금방 내려온 선녀처럼 예뻤다.

신랑은 얼굴이 워낙 동안이라 신부보다 열 살이나 많다는 사실이 믿기지 않을 정도였다. 사모관대를 쓴 신랑과 족두리를 쓴 신부는 그렇게 백년가약을 맺었고, 월과 성 가족은 부디 금실 좋은 부부로 살기를 소망했다. 혼례식은 약식으로 치러져 금방 끝났다. 이어진 피로연은 대감집 마당에서 성대하게 열렸다. 평소에는 보기도, 먹기도 힘든 음식이 끊임없이 나왔다. 하객들은 와자지껄 떠들며 피로연을 즐겼다. 피로연은 저녁나절에야 끝이 났다.

월 부부는 사돈과 마지막 인사를 나눈 뒤 성의 가족을 데리고 집으로 돌아왔다. 월 부부는 대사를 치르느라 녹초가 됐다. 집에 돌아왔을 때, 월은 아무런 말 없이 방으로 들어가 자리에 누웠다. 미연이에게 더없이 미안한 동시에 행복하게 살기를 바랐지만, 그의 눈에선 하염없이 눈물이 쏟아졌다.

풀리는 비밀들

다음 날 아침, 성은 선친의 산소를 찾기로 했다. 마천왕이 파도에 실려 장천만에 쓸려 왔을 때, 월은 부친의 시신을 수습해 만수산 양지바른 곳에 묻었다. 부친의 황망한 죽음에 충격을 받은 부인 신 씨는 실성했다. 장맛비가 세차가 내리던 날, 정처 없이 산골짝을 헤매며 남편 이름을 수도 없이 불렀다. 그러다 발을 잘못 디뎌 낭떠러지로 떨어져 죽었다. 월은 어머니 시신을 거둬 부친과 합장했다. 1년 새 양친을 허망하게 보낸 월은 한동안 슬픔에서 헤어 나오지 못했다. 그때 곁을 지키고 마음을 다잡아준 이가 지금의 부인 언년이었다.

*

만수산 묘소를 찾은 성은 장만해 간 음식을 차려놓고, 야트막한 봉분 앞에서 크게 두 번 절했다. 그리운 부모의 얼굴이 어른거렸다. 서늘한 산바람이 땀은 식혀줬지만, 뜨거운 눈물까지 식히진 못했다. 성은 두 번째 절을 마치고는 한참을 일어서지 않았다. 그녀는 땅바닥에 엎드린 채 흐느꼈다.

"아버지, 어머니. 저 왔어요. 성이 왔어요."

눈물범벅이 된 성을 월이 다가와 어깨를 감싸며 달랬다.

"두 분 다 얼마나 아팠을까. 얼마나 억울했을까… 아이고 아버지, 어머니! 원통하고 애통해서 어쩌나."

성은 목놓아 통곡했고, 동생의 곡소리에 월도 덩달아 눈물이 왈칵 솟았다.

"그만 울거라. 좋은 곳으로 가셨을 거다. 내가 천담사 주지 스님께 공양미 오백 석을 주고 기도를 올려 달라고 부탁했으니… 지금쯤 저승에서 두 분이 다시 만나 그간 못 나눈 정 나누면서 알콩달콩 살게야. 지금도 우리 성이 왔구나, 하며 환히 웃으며 보고 계실 걸?"

오누이는 양친 무덤에 난 잡초를 뽑고, 가져간 술을 부으며 양친의 극락왕생을 축원했다.

산소를 다녀온 성은 왜로 돌아갈 채비를 했다. 겐조와 며느리에게 아이들과 떠날 준비를 하라고 일렀다. 월은 며칠 더 묵어가라고 했지만, 성은 한사코 거절했다.

"가야 합니다. 저도, 겐조도 가마티를 오래 비웠어요."

가마소를 돌봐야 한다는 말에 월도 더는 동생을 붙잡을

수 없었다.

장천으로 올 때 여섯 식구였던 성 일행은 다섯이 돌아갔다. 남은 토모야는 미란의 아들로 입적했고, 이름은 '기작器作'으로 썼다. 기작은 '기물을 만든다'라는 의미로 월이 손수 지었다. 토모야는 미란을 '어머니'라고 부르며 새로운 환경에 빠르게 적응했다. 미란은 기작을 친자식처럼 키웠고, 기작 역시 미란을 친어미처럼 따랐다. 그렇게 또 해와 달이 뜨고 별이 지며 10년이란 세월이 흘렀다. 그사이 후고구려의 왕건이 삼국을 통일했다. 그는 국호를 '고려高麗'라고 지었다.

*

천담사에서 돌아온 겨레와 조 부장은 마 교수 별장에서 인터뷰를 이어가기로 했다. 점심을 두둑하게 먹은 터라 저녁은 건너뛰어도 될 듯했다. 마 교수도 흔쾌히 동의했다.

이번 인터뷰는 조 부장이 진행했다.

"그럼 청자는 고려시대 토모야, 아니 마기작 시대에 만들어졌겠군요."

"그렇죠. 청년이 된 기작은 도자 기술이 발달한 송나라를 자주 왕래했습니다. 당시 무역이 발달했던 벽란도에서 송나라 도자기를 보고 그 나라 기술을 배워야겠다고 생각했던 걸로 짐작합니다."

"그럼 연화 무늬 매병은 마기작이 만든 건가요?"

"확실한 기록은 남아있지 않아요. 다음 대, 아니면 그 다음다음 대에서 만들었을 수도 있습니다. 다만, 미란이 시집 간 쌍둥이 언니 미연을 늘 염려했다는 기록은 있어요. 그런 점에서 볼 때, 미란이 언니 이름 중 '연蓮'을 딴 연꽃 그림을 그렸고, 그걸 바탕으로 아들인 기작이 만든 게 아닐까 짐작할 따름입니다."

"그렇군요. 고려가 청자로 유명한 건 누구나 다 아는 사실인데, 교수님 말씀을 듣고 보니 마씨 일가가 고려청자의 선구자 역할을 한 셈이군요."

"저희 집안 자랑을 제 입으로 하긴 쑥스럽지만… 그렇다고 볼 수 있습니다. 저희 가문은 청자를 비롯해 도자기 만들기를 가업으로 대물림했죠. 그건 비단 우리 가문의 자부심뿐만 아니라, 우리나라 전체의 자부심이라고 해도 과언이 아니라고 생각합니다. 그런 전통문화를 지키고, 계승해야 하는 일도 후손인 우리가 할 의무고 역할이고요."

"그런데 고려는 일본과는 교류가 없었나요? 청자는 주로 송과 교류한 것 아닌가요?"

"도자나 청자 기술이 주로 송나라에서 보급됐기 때문에 아무래도 일본보다 중국과 가까웠겠죠. 벽란도도 지리적으로 중국과 가까웠으니까요."

"그럼 왜국으로 돌아간 성의 일가는 어찌 됐습니까?"

"아, 그걸 깜박했군요. 차 한잔 마시고 나서 성과 겐조 일가 얘기를 들려 드리겠습니다."

별장에는 어느새 어둠이 짙게 내려앉았다. 마 교수 방에 둘러앉은 세 사람은 청자 다기에 담긴 녹차를 마시며 잠깐 휴식을 취했다. 그윽하고 쌉싸름한 향미를 풍기는 녹차 맛이 가을밤의 운치를 자아냈다. 차향이 은은하게 방 안 공기를 타고 흘렀고, 이야기도 계속 흘렀다.

*

겐조의 장남과 차남인 히로키와 신야도 도자기 빚는 일을 배웠다. 두 아들은 오룡 청자 빚기에 성공했다. 호리병처럼 생긴 청자는 광택이 빛나는 비색 유약을 칠해 투명했다. 병 입구에 기다란 관瓚을 위로 올려 두 마리 용이 솟은 형태로 만들었다. 둥그렇게 펴진 몸통에도 3개의 용 머리를 장식했다. 누구도 상상조차 하지 못했던 오룡 청자 정병을 만들었다는 소식이 온 나라에 퍼졌다.

이들 형제에게 청자 만드는 법을 배우겠다며 전국에서 이름난 도공들이 구름처럼 몰려왔다. 하지만 그들은 누구에게도 비법을 알려주지 않았다. 오로지 자기 집안과 후손들에게만 기술을 전수했다. 시간이 흐르고 흘러 대대손손 내려오던 오룡 청자 비법은 세간에 알려졌다. 오늘날 일본의 한 문화관에는 오룡 청자를 뛰어넘은 구룡 청자 정병이 중요문화재로 지정돼 소장 중이다. 한데 그것이 현지에서 만들어졌는지, 고려에서 건너갔는지는 정확히 확인되지 않고 있다.

*

"교수님, 그럼 연화 무늬 매병은 그 긴 시간 동안 어떻게 세상에 알려지지 않았던 걸까요? 조선시대 왜란과 호란, 일제강점기, 한국전쟁을 거쳐 지금까지… 금이 가거나 깨지지도 않고요?"

"숱한 위기가 있었겠죠. 다만, 제 짧은 소견으로는 청자의 운명 아닐까 싶습니다. 부처님 음덕도 있었을 테고."

"부처님 음덕이요?"

겨레와 조 부장은 마 교수의 말을 통 이해할 수 없었다.

"아까 우리가 다녀온 절이 있지요?"

"만수산 천담사요?"

"네. 그 천담사가 천년고찰이라고 불리는 데는 그만한 이유가 있는 겁니다."

겨레와 조 부장은 여전히 무슨 소리인지 모르겠다는 표정으로 고개를 갸웃거렸다.

"임진왜란 때 도요토미 히데요시는 조선 도공들을 닥치는 대로 일본으로 끌고 갔습니다. 역사서를 보면 당시 강제로 끌려간 도공이 수만 명에 이른다고 합니다. 도요토미가 워낙 도자기에 애착이 강했기 때문인데요. 도공들뿐만 아니라, 백자를 비롯해 달항아리와 사발, 대접을 쓸어 담다시피 약탈해 갔습니다. 하지만 일본으로 끌려간 조선 도공들은 핍박 대신 오히려 대우받았다고 전해집니다. 조선인 특유의 도자 기술을 발휘해서 일본인들을 깜짝 놀라게 했죠. 그 덕에 벼슬을 받은 도공들도 있다고 하니, 어쩌면 조선보다 그곳에서의 삶이 나았을 수도 있습니다."

"그럼 당시 연화 무늬 매병이 살아남을 수 있었던 이유는 무엇입니까?"

"천담사 부처님 불상 밑에 숨겨놨기 때문이에요."

"청자를 불상 밑에 숨겼다고요?"

"그렇습니다. 조선이 유교 국가라고 해도, 장천에서는 불교를 숭상하던 고려의 문화가 여전히 남아있었다고 합니다. 특히 마씨 집안은 천담사에 열심히 불공을 올리고, 공양도 꾸준히 했기 때문에, 주지 스님이 용단을 내릴 수 있었습니다."

"그래도 왜구들이 절을 샅샅이 뒤졌을 텐데, 불상 밑까지는 미처 생각을 못 했나 보네요?"

"그랬을 수도 있고요. 다만, 왜구들이라고 해도 부처님을 함부로 대하면 큰 변을 당한다는 두려움이 있었기 때문에 불상까지는 손대지 못했을 것으로 짐작합니다."

"아, 그렇군요."

"그렇게 일제강점기까지 연화 무늬 매병은 천담사 부처님의 보살핌으로 명을 이었죠. 그러다 해방이 되고, 얼마 지나지 않아 한국전쟁이 발발하고, 격동의 근대사를 거치면서도 연화 무늬 매병은 꿋꿋하게 버텼습니다. 그러다 어느 날 새벽 기도를 준비하던 상좌스님이 불상 밑을 열어보니 청자가 사라졌다지 뭡니까. 유령처럼."

"유령처럼? 누가 훔쳐 갔겠죠."

"그렇죠. 그 오랜 세월을 거치면서 보안이 완벽하게 지켜지지 않았겠죠. 천담사 미륵보살 불상 아래를 뜯어보면 세상에 하나뿐인 고려청자가 있다는 소문이 수십 년 동안 끊임없이 돌았으니까요."

"도굴꾼들 소행이 클 것 같습니다."

"저도 그쪽을 의심하고 있습니다. 하지만 암시장을 통해 밀매를 거듭하면서 소재 파악이 너무나 힘들더군요. 시간이 갈수록 후손으로서 조상들께 죄인이 된 것 같기도 하고…."

마 교수는 심적 고통 때문인지, 피곤이 밀려든 탓인지 잔기침이 잦았고 한숨을 내쉬었다.

"교수님, 힘드시면 오늘은 그만 쉬세요. 내일 하셔도 됩니다."

"음, 그래도 될까요? 아까 식당에서 먹은 술 때문인지 머리가 지끈거리고, 저희 집안의 슬픈 이야기를 자꾸 되살리다 보니 솔직히 마음이 편치 않네요."

거레와 조 부장은 마 교수를 배려해 인터뷰를 중단했다. 그리고 방에서 나와 자신들이 묵고 있는 별채로 돌아왔다. 두 사람도 산사에서 보낸 하루가 고단했는지 씻을 생각도 하지 않고 곯아떨어졌다.

*

다음 날, 마 교수는 일찌감치 일어나 마당을 거닐고 있었다. 가지와 잎만 남은 매화나무 주변을 돌며 하늘을 올려보다 정원 한쪽에 있는 나무 벤치에 앉았다. 부스스한 표정으로 밖으로 나온 겨레의 눈에 마 교수 모습이 들어왔다.

"교수님, 일찍 일어나셨네요. 컨디션은 좀 어떠세요? 괜찮으세요?"

겨레의 아침 인사에 마 교수는 빙긋 웃으며 화답했다.

"모처럼 편히 잤더니 한결 가뿐한데요. 솔직히 두 분이 이곳에 오기 전까지 자주 밤잠을 설쳤거든요. 언제부터, 어디까지, 또 어떻게 설명해야 할지 막연하고 막막함에…."

"본의 아니게 죄송합니다. 괜히 저희 때문에 스트레스를 받게 해서…."

"아네요, 아네요. 그런 뜻으로 한 말이 아닙니다. 어쩌면이 인터뷰는 제가 더 원했을지도 모릅니다. 저희 집안 이야기를 언젠가는 책이든, 언론에든 해야겠다는 생각이었어요. 마침 대통령실에서 사라진 청자가 저희 집안과 직접적으로 얽힌 문제이기 때문에 지금이 적기라고도 판단했습니다."

"저희에게 인터뷰 기회를 주시고, 큰 용기를 내주셔서 고맙습니다."

"대기자님들을 뵙게 돼 제가 감사하고 영광입니다."

"교수님, 저희가 이곳에 오래 머물긴 어렵습니다. 민폐 끼치는 것도 그렇고, 인터뷰 내용을 정리하고, 촬영분도 점검하고, 기사를 쓰려면 시간이 만만치 않아서요. 내일 오전에 떠날 계획입니다."

"아, 그래요? 민폐라고 할 건 없지만, 기사를 마감해야 한다니 어쩔 수 없네요. 그럼, 오늘이 마지막 인터뷰가 되겠군요?"

"그렇습니다. 어렵더라도 오늘까지만 부탁드리겠습니다."

"으음. 알겠습니다. 최대한 압축하고 정리한 얘기를 들려드리죠."

벤치에서 일어서려는 마 교수에게 거레가 지나가는 말로 물었다.

"근데 저 매화나무는 언제부터 저 자리에 있던 거죠?"

"제 부친께서 심은 겁니다. 이 근처는 동백이 유명한데, 하루는 어디서 구하셨는지 매화나무 묘목을 가져다 심으시더군요. 무슨 연유인지는 모르지만…."

"도자기랑은 연관성이 없겠죠?"

"글쎄요. 제 아버지는 가마터를 없애고 그 자리에 벽돌공장을 지으셨으니까요. 도자기와 얼마나 연관성이 있는진 모르지만, 지금 여기가 바로 가마터와 벽돌공장이 있던 자리입니다. 그리고 저 매화나무가 심어진 곳은 바로 장작불이 활활 타오르던 가마의 중심부였다고 들었습니다."

겨레는 별장 터가 그 옛날 마씨 집안이 대대손손 일궈온 가마터가 있던 곳이었다는 사실에 새삼 놀랐다. 그러곤 방으로 돌아가 조 부장에게 마 교수가 들려준 이야기를 전했다. 조 부장 역시 무척 신기하다는 표정을 지었다.

마지막 인터뷰

아침상을 물린 겨레와 조 부장, 마 교수는 서재로 들어가 마지막 인터뷰를 준비했다. 인터뷰는 겨레가 진행했다. 마 교수는 호흡을 한 번 길게 하고 나서 차분한 자세로 질문을 기다렸다.

"연화 무늬 매병, 그러니까 도난당한 청자의 전설은 들었고요. 간단히 정리하겠습니다. 여러 질곡의 나날과 역경을 겪고도 보존이 잘 됐잖아요. 그러다 누군가 천담사에 있던 청자를 몰래 훔쳐다 암 거래를 한 것으로 추측되고, 거기서 또 어떤 경로를 통해서 대통령실 수장고까지 들어갔다는 건데요. 맞습니까?"

"대략, 그렇습니다."

"그러면 지금 그 청자는 어디에 있습니까? 차 행정관이 최초 저희에게 제보했을 때 그 청자를 보관하고 있다고 말했거든요. 교수님은 청자의 소재를 알고 계시나요?"

"네, 알고 있습니다."

"어딨습니까?"

"그건… 말씀드리기 곤란합니다."

"무슨 이유죠? 저희가 이곳에 며칠을 머물면서 교수님께 인터뷰를 청한 건, 종국적으로 청자를 누가 어디에 보관 중인지를 알고 싶어서였습니다. 교수님도 아시잖습니까?"

"알죠, 압니다. 그럼 저는 이렇게 여쭤보죠. 청자의 소재도 알고 있고, 두 기자님이 여기 온 의도도 알고 있는데, 왜 공개하기 어렵다고 했을까요?"

거례와 조 부장은 침묵했다. 아무 말 없이 마 교수의 다음 대답을 기다렸다.

"대통령실 수장고에 연화 무늬 매병이 있다는 소식을 듣고 어떻게든 빼 와야겠다고 결심했습니다. 그건, 거기에 있어야 할 물건이 아니니까요. 종친회를 열어 대책을 논의했죠. 마침 누군가 마철훈 국정원장을 잘 안다는 사람이 있더군요. 그래서 저와 그분, 종친회장이 비밀리에 마철훈 원장을 만났습니다. 이번 사건은 그렇게 시작된 겁니다."

*

마철훈은 종친회 사람들을 만나 저간의 사정과 사연을 전해 듣곤 깜짝 놀랐다. 하지만 대통령실 수장고에 있는 물건을 함부로 빼돌린다는 건 큰 위험이 따르는 문제였다. 잘못하면 그동안 자신이 쌓아온 명예와 사회적 위치가 하루아침에 나락으로 떨어질 수 있기 때문이다. 마 교수와 종친회는 끈질기게 그를 설득했다.

"원장님, 이건 어느 한 개인이나 마 씨 종친회 명예만 달린 게 아닙니다. 우리의 고유 문화유산을 지키고 보존해야 하는 건 국가와 지도자의 책무란 걸, 원장님도 잘 알지 않습니까."

마 교수는 절박한 심정으로 호소했다. 마 원장은 며칠 말미를 달라고 했다. 일주일 뒤 마 원장은 마 교수에게 전화해 믿을만한 사람을 한 명 보내달라고 했다. 마 교수는 차유민을 추천했고, 유민은 대통령실 경호실 소속 행정관으로 들어갔다.

마철훈과 차유민은 자신들이 해야 할 일을 잘 알고 있었다. 사실 마 원장은 상당히 정치적인 인물이었다. 1년 뒤 총선에 출마해 국회의원이 되고 싶은 마음이 굴뚝같았다. 그러나 자신이 출마를 희망하는 지역구는 3선 의원 출신인 대통령 비서실장이 일찌감치 점 찍어 둔 곳. 마 원장은 자신의 정치적 야망을 이룰 방법을 고민했다. 그러던 차에 마 교수 일행이 찾아왔고, 이를 계기로 자신의 정치 행보에 결단을 내려야겠다고 마음먹었다. 그것은 다름 아닌, 야당으로 투신이었다. 마 원장은 민국당 지도부와 내밀하게 정보를 주고받았다. 대통령실 수장고에 청자가 들어오게 된 경위와 그것이 곧 일본 총리 선물로 보내질 거란 계획과 청자를 빼돌린 이후 시나리오까지. 그는 이번 일에 자신의 모든 걸 걸었다.

청자가 도난당했을 때, 검경이 아닌 국정원이 수사를 전담한 배경도 마 원장이 미리 짜놓은 시나리오였다. 대통령실에 들어간 유민은 수장고 담당 업무를 맡았고, 자신의 근무시간을 이용해 수장고에 들어갔다. CCTV 사각지대를 알고 있던 유민은 조심스레 청자를 종이상자에 담았다. 유민은 상자를 들고나와 곧장 외부로 향했다. 밖으로 나가는 출입구에는 검색대가 있었다. 마침 검색대 근무자가 평소 자신을 잘 따르던 두 살 아래 요원이었기 때문이다.

"차 행정관님, 거기 들고 가는 건 뭐예요?"

요원이 잔뜩 궁금한 표정으로 다가왔다. 유민의 등에 식은땀이 흘렀다.

"어이 비켜, 비켜. 폭탄이다, 폭탄."

"네? 폭탄이요?"

깜짝 놀란 요원을 향해 유민은 살짝 윙크했다.

"수장고 청소하고 나온 쓰레기 폭탄이야. 갖다 버리러 간다."

그제야 요원은 어이없다는 듯이 웃으면서 뒤로 물러섰다. 대통령실을 빠져나온 유민은 그길로 차를 몰아 장천으로 향했다. 마 교수는 마 원장에게 '작업 완료'라고 문자메시지를 보냈고, 마 원장은 이후 준비한 시나리오대로 수사를 진행했다. 하지만 이 사실은 오직 그들만이 아는, 그들만 알아야 하는, 일급비밀이었다.

"기자님들께 드릴 부탁이 있습니다."

"뭐죠?"

"다른 건 보도해도 상관없지만, 마 원장만큼은 신분을 지켜주셨으면 합니다. 그분은 자신의 직까지 걸고 용기를 내주셨습니다."

거레와 조 부장은 마 교수에게 그들만의 '비밀'을 지키겠노라 약속했다. 그날 오후 거레와 조 부장은 3박 4일 일정의 출장을 마치고 서울로 돌아왔다. 마 교수는 떠나는 두 기자를 대문 밖까지 나와 배웅했다. 차 뒷좌석에는 정성껏 포장한 선물꾸러미를 두 개 실었다.

"올해 처음 따서 말린 찻잎입니다. 눈 내리고 바람 부는 날 한잔 씩 우려 드시면 몸이 따뜻해질 겁니다. 운전 조심히 올라가시고, 건필하십시오. 수고들 많았습니다."

별장을 내려올 때, 산등성이에서 부는 바람이 두 사람이 찬 타를 떠밀듯 배웅했다. 그 바람에 실려 하얀 겨울이 오고 있었다.

*

서울로 복귀한 겨레와 조 부장은 주말과 휴일을 쉰 뒤 월요일 오전 각자 신문사로 출근했다. 그리고 각자의 편집국장에게 장천 출장 내용을 보고했다. 데스크 회의는 길어졌다. 두 신문사 모두 기자들이 취재해 온 인터뷰에 넋이 나갔기 때문이다. 특히 이번 청자 도난 사건이 현직 국정원장이 관여했다는 사실은 그야말로 충격적이었다. 하지만 마 교수 요청대로 보도하지 않기로 내부 방침을 세웠다. 그것은 취재원 보호가 우선인 언론사의 소명 의식과 같았다.

〈지구일보〉와 〈시사주간 창〉은 한겨레와 조선일 기자에게 일주일간 인터뷰 내용을 정리하고, 보도 계획을 정하도록 말미를 줬다. 두 사람은 겨레의 숙소에서 기거하며 장천에서 담아온 '마씨 집안 이야기'를 하나하나 복기했다. 그리고 일주일 뒤 두 기자는 보도 기획서를 데스크에 제출했다. 첫 보도는 11월 마지막 주부터 하기로 했다. 일간지인 〈지구일보〉는 매주 수요일과 목요일, 주간지인 〈시사주간 창〉은 금요일에 각각 연재하기로 했다. 〈지구일보〉는 마 교수 인터뷰 전문을 싣고, 〈시사주간 창〉은 특별판을 통해 인터뷰 요약본과 비하인드 스토리를 담기로 했다.

보도 이틀 전, 겨레와 조 부장은 차 행정관과 '수월경화'에서 만났다. 그는 마 교수 인터뷰를 소개해 준 장본인이자, 이번 사건의 핵심 인물이었다. 기자들을 만난 차 행정관은 자신의 거취부터 밝혔다.

"저는 두 분 기사가 나오는 날, 대통령실을 나오게 될 겁니다."

"마철훈 원장과 얘기가 된 겁니까?"

"네, 그것 역시 저희가 짜놓은 시나리오입니다."

두 기자는 아무런 말을 할 수 없었다. 여러 감정이 교차했기 때문이다. 권력 내부에서 꾸민 일에 꼭두각시 노릇을 한 건지, 공익을 위한 언론의 역할과 본분을 한 건지, 확실히 정의할 수 없었다. 다만, 장천에서 한 마 교수 말마따나 이번 사건은 개인과 특정 집안의 민원 성격이 아니었다. 숱한 고초와 역경을 이겨내 온 장인들의 정신을 온전히 평가해야 했다. 그리고 우리 문화유산의 무단 반출도 막아야 했다.

"그럼, 행정관님은 앞으로 어떻게 되나요?"

"일단, 근무지 이탈로 징계를 받을 겁니다. 징계 여부를 떠나 저는 사직서를 낼 예정입니다. 그다음 장천으로 내려가 좀 쉬면서 교수님 논문작업을 도울 생각입니다."

"행정관님 말고, 경호실장이나 관련 부서장들 거취도 궁금합니다."

"그거야, 두 분이 기사를 어떤 수위로 쓰냐에 달리지 않겠습니까. 내부적인 가이드라인은 세웠어도, 여론을 움직이는 건 언론이니….'"

"내부 가이드라인은 어떤 식으로…?"

"그분들이 무슨 죄가 있습니까. 견책 처분 정도로 미미한 수준입니다. 책임을 져야 한다면 수장고에서 청자를 갖고 나온 저와 그걸 기획한 국정원장이 져야 할 일이죠. 그리고 벌을 받아야 한다면 고귀한 우리 선조의 얼과 문화유산을 당사자나 국민 동의 없이 일본으로 넘기려고 한 무능한 지도자가 져야 할 일이죠."

차 행정관의 어조는 단호하고 당당했다. 듣고 있던 겨레와 조 부장의 고개가 절로 끄덕여질 정도로.

"저, 그런데… 마 교수께서는 청자가 지금 어디에 있는지는 알려주지 않으셨습니다."

겨레가 매우 어렵게 말을 꺼냈다.

"그러셨을 겁니다. 또 그래야 하고요. 청자 소재는 당분간 아무에게도 알리지 말자는 내부 의견이 있었습니다."

"그렇군요."

"청자는 결국 본래 주인에게 돌아갈 겁니다."

차 행정관은 의미심장한 말을 전했다.

본래 주인에게 돌아가다니, 그 '주인'이란 게 누구란 말인가. 청자 본류가 마씨 집안에서 시작했다는 건 알겠는데, 주인이 누군지는 알 길이 없었다. 천왕인가, 월인가, 성인가, 겐조인가, 기작인가. 차 행정관과 헤어진 뒤 겨레와 조 부장은 골똘히 생각했지만, 도저히 감이 잡히지 않았다. 막연한 상상만이 꼬리에 꼬리를 물고 정신을 흩뜨렸다.

들끓는 민심

거레와 조 부장이 쓴 기사가 나간 뒤 여론이 들끓었다. 국가 최고 권력기관이 국보급 문화재를 관리하고 보호하는 데 있어 무능함이 여실히 드러났기 때문이다.

대통령실은 또다시 혼란에 빠졌다. 부랴부랴 사태 수습에 나서긴 했지만, 뾰족한 대책은 내놓지 못했다. 몇 달 앞으로 다가온 총선은 둘째치고, 일주일 앞으로 다가온 한일 정상회담이 '발등의 불'이었다. 대통령은 수석비서관 회의를 소집했다. 그리고 청자의 행방과 사후 대책을 물었지만, 명쾌한 해법을 내놓은 참모는 아무도 없었다.

매주 발표하는 대통령과 집권 여당의 지지율은 바닥을 쳤고, 호기를 맞은 야당은 정치 공세에 고삐를 줬다. 급기야 홍보수석과 대변인이 두 언론사를 직접 방문했다. 이들은 사주와 면담을 요청했고, 저간의 사정을 설명했다. 그리고는 '국익'을 운운하며 보도 중지를 건의했다. 사주들은 당혹감을 감추지 못했고, 내부 회의를 열어 대통령실의 건의 수용 여부를 논의했다. 두 언론사 모두 격론이 오갔다. 그러나

양측 언론사 편집국장들의 태도는 단호했다.

"우리는 언론으로서 사명에 충실할 의무가 있습니다."

"사주는 편집권에 관여하면 안 됩니다. 데스크 역시 취재 기자에게 최종 결정권을 줘야 합니다. 그것이 곧 국민들이 마지막 양심이라고 믿는 언론의 윤리입니다. 이번 일을 어떻게 결정하느냐에 따라 두 언론사의 존폐가 달렸다고 봅니다."

사주들은 편집국장의 뜻을 따르기로 했다. 기사는 다음 주에도 보도됐다. 대통령실은 분주히 움직였지만, 여전히 갈팡질팡했다. 여론은 폭발했다. 주말마다 정권 퇴진을 요구하는 촛불집회가 열렸다. 집회에 나온 시민들은 '문화재 반출 NO! 국민 앞에 사과하라', '무능한 정부는 퇴진하라', '한일 정상회담을 취소하라' 등이 적힌 손팻말을 들고 분노를 표출했다.

시간이 갈수록 집회 참여 인원은 기하급수적으로 늘어났다. 대통령실은 들끓는 민심 진화에 나섰다. 이번에는 기자회견 대신 대국민 담화 형식을 빌리기로 했다. 언론에서는 대통령이 불편한 질문을 피하려고 기자회견이 아닌, 일방적인 담화 형식을 취한 것이라는 해석을 내놨다. 어쨌든 대통령은 TV 생중계를 통해 국민 앞에 섰다. 그리고 작금의 논란과 의혹을 해명했다. 국가수반으로서 책임을 통감한다고 했지만, 국론 분열을 초래한 데 따른 공식적인 사과는 없었다.

대통령의 대국민 담화에도 불구하고 여론은 좀처럼 가라앉지 않았다. 담화 이후 첫 여론조사 결과 대통령의 국정 수행 지지율은 20%대로 하락했고, 여당인 한민당 지지율 역시 비슷한 수준으로 떨어졌다. 이러자 대통령실은 한일 정상회담이라는 외교 성과로 반등을 꾀했다. 정상회담 날짜가 이틀 앞으로 다가왔다.

*

사라진 청자는 정상회담 당일까지도 찾지 못했다. 대통령실은 하는 수 없이 일본 총리 선물 목록에서 청자를 제외했다. 국내 언론 보도를 접한 일본 측도 더는 청자에 미련을 갖는 분위기는 아니었다. 대통령은 일본 총리와 외교 사절단에 유감을 전했다. 청자 대신 일본 총리에게 선물한 건, 인삼과 토종 벌꿀 등 건강식품과 두견주, 소곡주 등 전통주였다. 일본 총리도 답례로 전통 의상인 유카타와 수제로 만든 사케를 가져왔다.

만찬장에서 만난 양국 정상은 만면에 미소를 띠며 손을

잡고 흔들었다. 여기저기서 사진기 플래시 터졌다. 양국 주요 인사는 단체 사진을 찍은 다음 테이블에 앉았다. 만찬 메뉴는 대표적인 K-푸드인 불고기와 잡채, 갈비찜, 모둠전이었다.

일본 측을 배려해 회와 조개찜 등 해산물도 곁들였다. 전통 누룩으로 빚은 막걸리가 건배주로 쓰였다. 양은 주전자에 담겨 나온 막걸리를 집어 든 대통령은 일본 총리에게 한 잔을 가득 부었다. 그러고 나서 건배를 제의했다. 일본 총리는 대통령에게 건배사를 양보했다. 겸연쩍은 듯 잔을 들고 일어선 대통령은 이렇게 건배사를 했다.

"한일, 일한 양국은 이제 지난 과거사의 아픔을 딛고, 협력하는 파트너로서 미래와 희망을 향해 나아갑시다. 양국의 동반성장을 위하여! 간빠이!"

테이블마다 잔 부딪치는 소리가 났다. 한 모금씩 마신 잔을 내려놓은 참석자들은 힘껏 손뼉을 치며 만찬장의 흥을 돋웠다.

다음 날, 양국 정상은 공동선언문을 발표했다. 양국의 관계를 '전략적 동반자'에서 '포괄적 전략적 동반자'로 격상하고, 양국 간 교류와 협력을 강화하기로 했다.

한민당은 대변인 논평을 통해 양국의 우호와 관계 개선을 이룬 외교 성과라고 극찬했다. 반면 민국당은 강제징용과 위안부 문제 등 과거사에 대한 일본의 사과가 없는 상태에서 이루어진 '굴욕 외교'라고 비판했다.

더구나 대통령이 건배사에서 '건배' 대신 '간빠이'라는 일본어를 사용한 건 국민 정서와 위배한 처사라며 반발했다. 국민들은 둘로 갈렸다. 보수와 진보가 서로 뒤엉켜 으르렁댔고, 진영 대결은 극한으로 치달았다. 국론은 분열됐다.

한일 정상회담을 TV로 지켜보던 거레와 조 부장은 경악했다.

"어떻게 국가 지도자라는 위치에 있는 대통령이 저럴 수 있죠?"

거레는 아연실색했다.

"이래서 민주주의 국가에서 주권자인 국민의 의사가 중요하다고 한 건가?"

조 부장 역시 쓴 웃음을 지으며 입맛을 다셨다. 정상회담이 끝난 즈음, 국정원은 고려청자 도난 사건을 마무리했다. 마철훈 국정원장은 별도 기자회견 없이 서면 보고서로 갈음했다. 국정원이 특별조사단을 꾸려 한 달 남짓 조사한 결과를 정리하면 다음과 같다.

대통령실 수장고에 보관 중이던 고려청자는 도자기 애호가가 기증한 것이다. 수장고 내에 보관 중이던 청자는 '도난'이 아닌, 원 기증자에게 돌려준 것으로, 기증자의 신원은 보안상 공개할 수 없다. 수장고 보안과 관리에 소홀한 책임을 물어 담당 행정관은 징계 처리했다. 다만, 담당자가 도의상 책임을 지고 자진 사퇴 의사를 밝혀 수용했다. 한일 정상회담 때 청자를 일본 총리에게 선물하려고 했다는 일부 언론의 보도는 전혀 사실이 아니다. 정상회담에서는 양국을 대표하는 상징물로 선물을 교환했고, 정상회담 역시 화기애애한 분위기 속에서 괄목할 만한 성과를 남겼다.

대통령실은 특조단 결과 보고서를 보도자료 형식으로 출입 기자들에게 배포했고, 언론은 즉시 보도했다. 사건의 내막을 알고 있는 겨레와 조 부장은 대통령실이 공개한 자료를 보고 또다시 혀를 내둘렀다. 하지만 마철훈 원장의 신분을 보장해야 했기 때문에, 그저 실소만 지을 뿐이었다. 고려청자 도난 사건은 그렇게 매듭지었다. 그리고 그해 첫눈이 내렸다.

첫눈이 내리던 날, 겨레와 조 부장은 광화문 앞 포장마차에서 술잔을 기울였다.

"선배, 그동안 고생 많으셨습니다."

"내가 뭘 한 게 있다고. 다 한 기자 덕분이지."

"언론의 역할이라는 걸 새삼 깨달았던 사건이었어요. 제 기자 생활에서 영원히 잊지 못할 장면일 겁니다."

"한 기자만 그런가. 나도 그래. 정말 꿈만 같던 시간이었 어."

술잔을 기울이던 두 사람에게 전화가 걸려 온 건 1차를 어느 정도 마감하려고 할 때였다.

"네, 지구일보 한겨레입니다."

"……."

수화기 너머는 조용했다. 겨레는 모르는 핸드폰 번호로 걸려 온 전화에 촉각을 곤두세웠다.

"여보세요? 한겨레 기자입니다. 누구시죠?"

그때 전화기가 뚝 끊겼다.

"누군데 그래?"

조 부장이 겨레의 전화기를 휘둥그레 쳐다보며 말했다.

"글쎄, 저도 모르죠. 아무 말도 없이 그냥 끊어졌네요."

"혹시, 이거 또 대통령실에서 뭐가 없어졌다는 제보 전화 아냐?"

조 부장은 실실 웃으면서 농담했다. 겨레도 실없이 웃으 면서 손사래를 쳤다.

"조금만 기다려봐요. 또 오겠죠."

겨레의 말처럼 같은 번호로 다시 전화가 걸려 왔다.

"지구일보 한겨레 기자님 맞으시죠?"

"네, 맞습니다. 어디시죠?"

"한국기자협회에서 연락드렸습니다."

"기자협회요? 거기서 웬일로. 저한테?"

"다름이 아니라요. 올해 '한국 기자상'에 한 기자님과 조선
일 기자님을 선정해서 알려드리려고 연락드렸어요."

"네? '한국 기자상'이요?"

스피커폰으로 대화 내용을 들은 조 부장은 깜짝 놀랐다.

"저희한테 그 큰 상을 주신다고요?"

"네. 시상식은 12월 24일 오전 11시 프레스센터 12층입니
다."

겨레와 조 부장은 얼떨떨한 기분으로 고맙다는 인사를 하
고 끊었다.

"조 선배! 2차는 선배가 사야 할 것 같아요."

"엉? 그, 그래… 야 이 사람아, 지금 2차가 문제야?"

두 사람은 주황색 포장마차 천막을 젖히고 나오면서 크게
웃었다. 웃는 동안 하얀 입김이 새어 나와 밤공기를 가로질
렀다. 겨레와 조 부장은 어깨동무하고 2차 장소로 향했다.

갑자기 기분이 좋아진 조 부장이 겨레 귀에 대고 속삭였다.

"한 기자, 근데 상금은 얼마래?"

"아니, 지금 그게 무슨 소리예요? 선배는 상금이나 받으려고 기사 쓰는 사람이었어요?

겨레는 정색하며 조 부장을 몰아세웠다.

"아니, 난 그냥, 혹시나 해서….'"

당황스러운 표정을 짓는 조 부장에게 겨레는 다시 짓궂은 표정을 지었다.

"농담이에요, 농담. 쫄기는. 흐흐흐."

"뭐야? 한 기자, 너 정말 이러기야?"

겨레는 녹색 불이 켜진 횡단보도를 향해 냅다 뛰었고, 조 부장은 씩씩거리며 잡히면 가만히 두지 않겠다며 뒤쫓았다. 겨울바람이 밤하늘에 박힌 별을 어루만지며 쌩쌩거렸다.

*

'한국 기자상' 수상자로 선정된 겨레와 조 부장은 프레스 센터로 향했다. 겨레는 시상식 당일 입으려고 양복도 새로 사 입었다. 조 부장은 아내와 아이들을 데리고 식장에 나타났다.

"오, 한 기자. 그렇게 빼입으니까 새신랑 같네?"

조 부장이 겨레를 보고 아는 체했다. 겨레는 조 부장과 그의 가족을 발견하고 수줍은 인사를 건넸다.

"인사해. 와이프랑 아이들이야."

"안녕하세요. 한겨레입니다."

"안녕하세요. 한 기자님. 이 사람한테 얘기 많이 들었어요. 덕분에 이런 상을 받게 해주셔서 고맙습니다."

"아유, 덕분이라뇨? 선배님께서 워낙 열정적으로 기자정신을 발휘한걸요?"

겨레의 말에 조 부장이 아내를 쳐다보며 어깨를 으쓱했다. 조 부장의 두 아이도 겨레에게 배꼼 인사를 했다. 천진난만한 얼굴에서 겨레도 결혼이라는 걸 하고 싶다는 충동을 느꼈다.

그사이 행사 시작을 알리는 사회자 안내가 마이크를 통해 흘러나왔고, 두 사람은 각자 이름이 붙은 자리에 앉았다.

"자, 이제부터 올해 '한국 기자상' 시상식을 시작하겠습니다. 호명하는 기자분은 단상 위로 올라와 주시기 바랍니다. 수상자는 지구일보 한겨레 기자, 시사주간 창 조선일 기자입니다."

두 기자는 설레는 기분으로 단상으로 향했다. 벅찬 기분에 심장이 요동쳤다. 시상은 기자협회장이 했고, 상장과 상패, 상금을 전달했다. 조 부장 아내와 아이들이 쪼르르 나와 준비해 온 꽃다발을 두 사람에게 전달했다. 사회자는 두 기자에게 수상 소감을 요청했다. 조 부장부터 소감을 말했다. 조 부장은 허리를 90도로 숙여 인사한 뒤 벅찬 감정을 추스르며 말을 꺼냈다.

"고맙습니다. 기자 생활 20년을 하면서 특종상 한 번 못 받았습니다. 이렇게 기자 생활을 마감하나 했던 제 삶에 자존심을 세울 수 있는 상을 받게 돼 영광입니다. 이제 기자를 떠나 제 아내와 아이들에게 부끄럽지 않은 남편과 아빠라는 소리를 들을 수 있을 것 같아 매우 기쁩니다."

조 부장의 말에 청중들이 웃으면서 박수를 보냈다. 조 부장의 수상 소감은 이어졌다.

"한겨레 기자와 이 사건의 제보를 받던 날을 기억납니다. 취재하는 동안 숨 가빴던 순간도 여러 번이었고, 과연 제가 이걸 기사로 쓸 수 있을까 막연한 불안감을 가졌던 것도 사실입니다. 하지만 제 옆에는 항상 한겨레 기자가 있었고, 한 기자 덕분에 용기를 낼 수 있었습니다. 이 자리를 빌려 한겨레 후배에게 깊은 감사를 드립니다. 언제까지 기자 명함을 들고 다닐지 모르겠습니다. 하지만 저는 '기자'라는 이름으로 사는 동안은 부끄럽지 않은 기자가 되도록 노력하겠습니다. 감사합니다."

조 부장의 수상 소감이 끝난 뒤 겨레가 마이크를 건네받았다. 겨레는 만감이 교차했다. 순간 가슴 깊은 곳부터 솟구치는 감정에 울컥했다. 그는 심호흡을 크게 한 번 하고 나서 정면에 있는 청중을 향해 천천히 소감을 밝혔다.

"지구일보 한겨렙니다. 앞서 조선일 기자의 수상 소감대로 저 역시 이번 사건을 취재하고 보도하면서 정말 많은 걸 배우고 깨달았습니다. 그건 바로 우리만의 정체성입니다. 우리의 선조들이 지켜온 나라, 그리고 이 나라에서 그들이 목숨 바쳐 만들고, 지키고자 했던 문화유산의 소중함입니다. 반대로 그런 장인 정신을 외면한 채 문화재를 함부로 다루고, 관리에 부실했던 지도자의 무능이 얼마나 국가의 위상을 떨어뜨리는지도 확인했습니다."

겨레는 잠시 말을 멈추고 호흡을 가다듬었다. 청중의 시선이 자신에게 집중하고 있다는 것을 실감하면서 다시 말을 이었다.

"얼마 전 어떤 기사에 이런 내용이 있더군요. 이름난 거부巨富가 일제강점기 문화침탈이 극성이던 때 자신의 전 재산을 털어 우리 문화유산을 사들였는데요. 사유재산이다 보니 그 후손이 상속세를 내기 버거워 경매에 내놨다는 내용이었습니다. 이 얼마나 비극적이고 참담한 이야깁니까. 문화재 독립운동을 한 선대의 유산을 재정난에 팔아야 한다는 심정이 얼마나 비통했을까요. 더구나 경매에 나온 유물을 외국인이 산다면, 국보급 문화재가 해외로 나가는 현실에 직면할 수 있습니다. 소중한 우리 문화재의 정통성과 정체성, 상징성을 보존하고, 후손들에게도 찬란한 우리 문화유산을 물려주려면 세제 혜택 등 정부의 실질적인 대책 마련이 필요합니다. 저와 조 기자님의 보도가 우리 문화유산을 지키고, 그에 따른 정책을 만드는 데 조금이나마 보탬이 됐으면 하는 바람입니다. 고맙습니다."

겨레의 수상 소감이 끝나자 청중은 우레와 같은 박수를 보냈다. 두 기자는 손을 잡고 청중들에게 깊게 허리를 숙여 인사한 뒤 단상을 내려왔다. 시상식이 끝난 뒤에는 오찬이 이어졌고, 두 신문사 동료 기자와 지인들이 테이블로 와 두 기자에게 축하 인사를 건넸다. 겨레는 크리스마스이브에 받은 성탄절 선물에 마냥 즐거웠다. 그러다 장천에 있는 마 교수가 떠올랐다.

'교수님도 이 소식을 들었을까. 모든 게 교수님 덕분인데, 한번 찾아봬야겠다.'

새로운 역사

연말 서울의 거리는 한산했다. 장기적인 불황에 내수 경기가 꽁꽁 얼어붙었기 때문이다. 사람들마다 주머니는 홀쭉해졌고, 통장은 가벼워졌다. 경제 전문가들은 새해에도 경기가 나아질 기미는 보이지 않는다며 비관적으로 전망했다. 국민들 한숨은 한겨울 입김처럼 새어 나왔지만, 정부는 뾰족한 경기 활성화 방안을 내놓지 못했다.

겨레는 새해를 이틀 앞두고 혼자 장천으로 내려갔다. 마 교수에게 미리 새해 인사를 하기 위해서였다. 조 부장은 온 식구가 감기에 걸리는 바람에 함께 가지 못했다. 만수산은 일주일 내내 내린 눈으로 설국雪國으로 변했다. 산기슭이 얼어붙어 차가 제자리에서 쌩쌩거릴 뿐, 좀처럼 나아가지 못했다. 그러다 뒤로 미끄러지는 느낌이 들었다. 겨레는 하는 수 없이 시동을 끄고 차에서 내렸다. 수북이 쌓인 눈길에 차가 지나간 흔적은 없었다.

겨레는 차를 그대로 둔 채 마 교수의 별장까지 걸어가기로 했다. 눈이 무릎까지 빠질 정도로 푹푹 들어갔다. 산허리에서 불어온 바람에 눈가루가 휭 날렸다. 겨레는 날아오는 눈가루에 잠시 고개를 돌려 피했다. 계곡에는 고드름이 겹겹이 매달렸고, 숲은 새소리 하나 들리지 않고 고요했다. 겨레가 걸음을 뗄 때마다 뽀득거리는 소리가 유일한 소음이었다. 급경사를 오를수록 겨레는 거친 숨을 몰아쉬었다. 이마에는 어느새 땀이 흥건히 고였다. 한참을 낑낑거리며 올라가자 드디어 마 교수의 별장이 보였다. 겨레는 다리에 좀 더 힘을 주고 대문 앞에 다다랐다. 초인종을 누르려던 찰라, 마당 안에 마 교수의 실루엣이 보였다.

"교수님! 안녕하셨어요?"

마 교수는 갑작스러운 인기척에 깜짝 놀랐다.

"아니, 한 기자! 어떻게 왔어요, 연락도 없이?"

"보시다시피 걸어서 왔습니다. 하하하."

겨레의 능청스러운 웃음에 마 교수는 반색하며 맞았다.

"추운데, 어서 안으로 들어갑시다."

마 교수는 한 기자를 데리고 안방으로 들어갔다. 그리고는 따뜻하게 우린 녹차를 다기에 담아 겨레 앞에 내밀었다.

"연락도 없이 갑자기 이게 무슨 일입니까? 무슨 일이라도 생겼나요?"

"무슨 일은요. 아무 일도 없고요. 교수님께 새해 인사드리려고 왔습니다. 지난주에 프레스센터에서 기자협회에서 주는 상도 조 선배랑 같이 받았어요. 그래서 교수님께 감사 인사도 드리려 겸사겸사 왔습니다. 참, 조 선배는 식구들이 감기에 걸려 못 왔습니다. 대신 안부 전해 달라고 하더라고 요."

"그렇군요. 겨울에는 독감이 유행이라 건강을 조심해야 죠. 두 분이 상 받은 소식은 기자협회보에서 봤습니다. 축하 드립니다."

"교수님께서 흔쾌히 인터뷰에 응해주신 덕분입니다."

"제가 한 게 뭐 있나요. 그저 저희 집안 이야기만 했을 뿐 인걸요."

"그 집안의 이야기가 이 나라와 사회에 엄청난 반향을 일 으켰다는 게 사건이죠."

"뉴스에 실린 한 기자 수상 소감 중에 와 닿은 부분이 있 습니다. 우리 문화재와 유산에 대한 정체성과 소중함을 이 야기한 대목입니다. 그 대목에서 벅찬 감동이 밀려왔습니 다. 제가 언론과 인터뷰를 하기로 결심한 배경이 바로 그것 때문이었거든요."

"그렇군요. 인터뷰하는 동안 교수님 이야기 하나하나를 놓치지 않으려고 했어요. 장면 하나하나를 떠올리기도 했죠. 그러면서 교수님이 인터뷰를 통해 무슨 메시지를 전하려고 했는지 짐작되더라고요. 참 많은 걸 느끼고 깨달았습니다."

"제가 전하고자 하는 이야기를 제대로 기사에 담아주셨습니다. 두 분은 제 평생 잊지 못할 겁니다."

"아이고, 과찬입니다. 그저 저희가 할 일을 했을 따름입니다."

겨레와 마 교수는 한동안 안부를 비롯해 이런저런 이야기를 주고받았다. 그러다가 마 교수가 겨레에게 놀랄만한 소식을 전했다.

"봄이 되면 별장을 리모델링하려고 합니다."

"아, 그러세요. 고풍 있고 아늑한 분위기가 좋았는데, 개조를 하려는 건가요? 펜션 같은 숙박업이라도…?"

"문화재 전시관을 운영해 볼 생각입니다."

"문화재 전시관이요?"

"네. 제 마지막 꿈이기도 했죠. 다행히 이번에 청자를 찾을 수 있어서 그 시간을 앞당겼습니다. 제1호 전시물은 연화 무늬 매병입니다."

"놀랍군요. 정말 기대되는데요."

"문화재를 소장하고 계신 분들께도 기증받을 계획입니

다. 여러 곳에 뿔뿔이 흩어져 있는 것보다 한자리에 모아 놓고 사람들이 편히 와서 보고, 느낄 수 있다면 괜찮을 거 같아서요."

"좋은 생각입니다, 교수님. 그렇지 않아도 제가 수상 소감에서 그런 얘기도 했거든요. 사비를 털어 일본이 약탈한 문화재를 사들인 집안의 속사정이요."

"그것도 봤습니다. 정부가 어떤 지원 정책을 내놓을 진 몰라도, 그동안 모아 놓은 돈으로 일단 시작해 보려고 합니다."

"그런 생각을 마지막 꿈으로 삼으셨다니 존경스럽습니다."

겨레는 마 교수를 쳐다보며 말했다. 마 교수는 머쓱한지 까만 뿔테 안경을 살짝 고쳐 쓰며 마른기침을 두어 번 했다.

*

새해가 밝았다. 첫날부터 함박눈이 내렸다. 겨레 숙소가 있는 서울 시청에도, 마 교수 별장이 있는 장천에도 소복이 내렸다. 온 세상이 새하얀 눈으로 뒤덮였다. 겨레는 두툼한 패딩을 입고 북한산에 오르고 있었다. 눈길에 미끄러지지 않도록 등산 스틱과 아이젠을 준비했다. 방한 장갑을 끼고, 털모자에 귀마개, 핫팩까지 체온을 보호할 수 있는 장비를 제대로 챙겼다. 숨을 내쉴 때마다 하얀 입김이 새어 나왔다. 털모자 밑으로, 콧잔등으로 땀방울이 맺혔다. 한참을 올라가자 정상에 다다랐고, 산 위에서 내려다보는 도시의 겨울은 포근했다.

새해 첫날 산행을 온 거레는 지난해 자신에게 일어났던 일들을 정리하며 깊은숨을 몰아쉬었다. 그리고 새해에도 건강하게 일할 수 있도록 해 달라고 산신령에게 기도했다. 거레는 조 부장에게 영상통화를 걸어 새해 인사를 한 뒤 산 정상의 경치를 보여줬다. 조 부장은 아내와 아이들을 일일이 바꿔주며 인사를 시켰다. 아이들은 화면에서 거레에게 세배했다.

내려오는 길은 올라갈 때보다 한결 편했다. 기분 좋은 하루를 시작한 거레는 집으로 돌아와 따뜻한 물로 씻었다. 그러고 나서 돌아오는 길에 사 온 라면 두 개를 끓였다. 라면을 끓이면서 〈카더가든〉의 '네 번의 여름'을 틀었다.

Don't be afraid 그건 너에게 무던히 손 내밀던 나의 모습과 경계일 거야 이젠 지나쳐야 해 우리의 밤 너의 곁을 기억해 아무도 모르게 사라질 듯 사라지지 않는 조각들도 네 번의 여름 지나 난 알 수 있었어 넌 내 꿈을 키웠고 넌 내 마음이었어~

여름이 오기 전 총선이 열렸다. 바닥을 치던 대통령 지지율은 총선 결과로 이어졌다. 여당인 한민당은 참패했고, 야당인 민국당은 압승을 거뒀다. 민국당은 서울과 수도권을 비롯해 영남권을 제외한 전 지역에서 승리했다. 한민당은 개헌 저지선을 겨우 확보한 것에 위안 삼았다. 하지만 정부와 여당은 국정 운영 중간 평가에서 국민의 준엄한 심판을 받은 데 큰 충격을 받았다. 한민당 대표는 선거 참패 책임을 지고 사퇴했다. 국무총리와 내각도 전원 사표를 제출했다.

압도적 야당이 된 민국당은 대통령의 대국민 사과를 요구했다. 대통령은 총선이 끝난 뒤 이틀째 되던 날 대국민 담화를 통해 선거 패배에 무거운 책임감을 느낀다며 고개를 숙였다. 개각 등 국정 쇄신에 일로매진一路邁進하겠다는 다짐도 전했다. 민국당에 입당해 총선에 출마한 마철훈 원장은 첫 배지를 달았다. 3선 중진 출신에, 대통령 비서실장을 지낸 관록의 정치인을 꺾는 파란을 일으켰다. 그토록 바라던 꿈을 이룬 마철훈은 국회의원 1호 법안으로 '문화재보호법'

개정안을 발의했다.

문화적·사료적 가치가 높은 문화재를 사재로 구입한 경우 상속세를 감면해 주는 내용을 담았다. 그것이 설령 국가 지정 문화재라고 할지라도 함부로 경매 시장에 내놓지 못하도록 규제했다. 입찰자가 외국인일 경우 문화재 반출을 막을 수 없기 때문이다. 개인이 소장하고 있는 문화재를 박물관이나 문화원, 전시관으로 운영하면 정부나 지자체가 위탁관리를 맡겨 운영을 지원하도록 했다. 법안은 그해 하반기 국회 본회의를 통과했다. 첫 수혜자는 두말할 것 없이 마 교수였다. 마침 그는 법안 통과 시점에 별장 리모델링을 마쳤다.

*

마 교수는 선선한 가을 녘 전시관 개관 행사를 개최했다. 예스러움이 묻어나는 전통가옥 형태의 전시관이 가을 햇살 아래 고즈넉이 자태를 뽐내고 있었다. 행사에는 마철훈 의원을 비롯해 마 씨 종친회장과 관계자, 장천군수, 차유민과 한겨레, 조선일이 참석했다. 조 부장의 아내와 아이들도 꽃다발을 갖고 전시관 문을 들어섰다. 입구에는 '장천 문화재 전시관'이라고 써진 목판 간판이 붙어 있었다. 행사 사회는 차유민이 맡았다. 유민은 내빈소개에 이어 마철훈 의원에게 축사를 요청했다.

마 의원은 자신의 첫 법안 통과를 언급하며 전시관의 무궁한 발전을 기원했다. 아울러 전시관이 운영에 차질이 빚지 않도록 국회의원으로서 아낌없는 지원을 하겠노라 약속했다. 축사 다음에는 마강진 초대 전시관장의 인사말이 이어졌다. 마 관장은 검은색 정장에 흰색 와이셔츠를 입었고, 목에는 나비넥타이를 맸다. 뿔테 안경이 고상한 품격을 돋보이게 했다. 마이크를 잡은 마 관장이 벅찬 음성으로 말을 시작했다.

"오늘은 장천 문화재 전시관이 문을 여는 역사적인 날입니다. 역사적인 날을 축하하기라도 하는 걸까요? 날씨도 매우 좋습니다. 자, 하늘을 보십시오. 푸른 하늘에 구름 한 점 없습니다. 바람은 선선하게 불고, 그 바람에 실려 오는 가을 냄새가 느껴지지 않으십니까?"

참석자들은 하늘을 쳐다보며 잠시 눈을 감고 가을 정취를 만끽했다. 마 관장은 잠시 끊어졌던 말을 다시 이어갔다.

"문화재 전시관 초대 관장으로 취임할 수 있어 매우 기쁘고 영광입니다. 전시관 개관에 물심양면 도움을 주신 마철훈 의원님을 비롯해 군수님 이하 관계 공무원 여러분, 그리고 많은 관심과 성원을 보내주신 모든 분께 이 자리를 빌려 깊은 감사 인사를 올립니다."

마 관장은 연단 옆으로 나와 참석자들에게 깊이 허리를 숙여 인사했고, 참석자들은 힘찬 박수를 보냈다.

"오늘 문을 연 장천 문화재 전시관은 장천 문화재만 있는 게 아닙니다. 전국 각지에서 기증한 귀한 문화재 100여 점이 3개 전시실에 나뉘어 있습니다. 문화재 하나하나 모두 우리가 지켜야 할 소중한 재산이고, 우리 후손들에게 길이 물려줘야 할 유산입니다. 이곳에 전시된 문화유산을 만든 선조들의 공을 기리고, 후손으로서 그들의 숭고한 얼을 기리는 건 대한민국의 정통성을 지키는 것과 다름없습니다. 조속한 시일 내에 전시관을 열 수 있어 참으로 감회가 깊습니다."

마 관장은 조 부장 부부 옆에 나란히 앉은 아이들을 바라보며 이렇게 말했다.

"이 전시관은 저기 있는 우리 어린아이들에게 우리 역사의 자부심과 자긍심을 갖도록 공부할 수 있는 배움터 역할을 할 것입니다. 우리 모두의 염원을 담은 전시관을 아름다운 계절에 아름다운 분들을 모시고 개관할 수 있어 가슴이 벅찹니다. 많은 분이 뜻과 정성을 모아주셨습니다. 모쪼록

이 전시관이 대한민국을 대표하는 전시관으로 자리매김할 수 있도록, 그리고 마천왕의 후손으로 명예에 누가 되지 않도록 최선을 다해 관리하겠습니다. 많은 응원과 관심을 부탁드립니다. 감사합니다."

*

국외 소재 문화재재단과 문화재청 등으로부터 제출받은 자료에 의하면, 2023년 기준 해외 유출된 우리 문화재는 27개국 784개처 22만9,655점인 것으로 나타났다.

그해 국회 국정감사에서는 해외로 유출된 우리 문화재가 23만 점에 이르고 있다는 지적이 나왔다. 우리 문화재를 가장 많이 소장하고 있는 국가는 일본이었는데, 400여 곳에 9만 5천 점이었다. 전체의 약 40%가 넘는 수치다. 이밖에 미국과 독일, 중국, 영국 순으로 해외에 우리 문화재가 산재해 있는 것으로 확인됐다. 반면, 환수된 문화재는 12개국 1만여 점으로, 전체 해외 유출 문화재 대비 5.2%에 불과했다.

한 국회의원은 다음과 같은 보도자료를 통해 정부가 문화재 환수와 활용방안에 주도적이고, 적극적으로 나서야 한다고 주장했다.

"해외 유출된 우리 문화재는 대한민국의 역사와 문화 주권의 산물인 만큼, 외교적 접근과 협력방안을 강구해 해외 유출된 우리 문화재의 체계적인 환수가 중요하다. 문화재 환수는 단기간에 성사될 수 있는 것이 아니라, 네트워크 구축을 통한 치밀한 사전작업 및 전략적 접근이 중요한 만큼, 외교부가 보다 주도적인 역할을 하여, 우리 문화재의 환수 및 활용방안을 강화하는 데 적극 나서야 한다."

"방탄소년단의 RM은 해외 문화재 복원과 보존을 위해 2억원을 기부하기도 하고, 라이엇게임즈는 외국계 게임 회사임에도 불구하고 국외 문화재 환수사업으로 76.7억원을 기부하여, 6건에 달하는 우리 문화재 환수 성과를 거두기도 했다. 정부는 우리 문화재의 가치를 공유하고 널리 알리며, 국민들의 적극적인 관심과 동참을 이끌어 낼 수 있어야 한다."

— 2023년 10월 7일 윤상현 국민의힘 의원실 보도자료 중

사건의 지평선

몇 달 후, 옛 백제 왕도였던 충청도 땅에서 '대백제전'이 열렸다. 개막식은 충남 공주에서, 폐막식은 부여에서 각각 진행됐다. 금강 변에는 황포 돛배를 띄웠는데, 관광객들로부터 가장 큰 인기를 얻었다. 생김새는 마치 과거 마천왕이 장천에서 왜로 갈 때 탔던 목선과 흡사했다.

축제에는 해외 10개국에서 축하 사절단이 왔는데, 그중 일본 방문단이 유독 눈길을 끌었다. 금강 수변 특설무대에서 열린 개막식에는 대통령이 직접 참석했다. 대통령은 축사에서 백제 문화가 일본 고대 문화와 교류하며 긍정적 영향을 준 사실을 언급했다. 아울러 축제를 축하하러 온 일본 사절단에 고마움도 표했다. 개막식 이후에는 인기 가수 공연을 비롯해 축하 무대와 각종 이벤트가 이어졌다. 수변에서는 미디어아트 쇼가 화려한 무대를 연출했고, 형형색색으로 밤하늘을 수놓은 불꽃놀이는 축제의 대미를 장식했다.

개막일부터 전국에서 수많은 인파가 몰렸다. 행사장 주변 푸드트럭과 체험 공간에는 연인과 가족 단위 방문객으로 북새통을 이뤘다. 마 관장과 겨레, 조 부장도 행사장을 찾아 축제를 즐겼다. 조 부장의 아이들은 얼굴에 알록달록한 무늬로 페이스페인팅을, 손목에는 끈으로 묶은 풍선을 매달고 다녔다. 일행의 발걸음이 어느 전시장 앞에 멈췄다. 백제시대 도자기를 전시하는 곳이었다. 도자기뿐만 아니라 각종 그릇과 다기 등이 함께 전시돼 있었다. 다른 한쪽에는 국립 부여박물관에 소장 중인 금동대향로를 축소한 모조품을 가져다 놓기도 했다.

"금동대향로는 백제 유적을 대표한다고 할 수 있죠."

마 관장이 무료로 나눠주는 금동대향로 기념품을 아이들 손에 쥐어주며 말했다.

"책이랑 뉴스에서 본 것 같아요."

조 부장의 큰아들이 꾸벅 인사하며 대답했다.

"이런 행사가 자주 있었으면 좋겠습니다. 삼국시대 백제는 가장 먼저 멸망했다는 이유로 사실상 후세의 역사가 긍정적으로 평가하지 않고 있으니까요. 특히 의자왕의 경우, 백제 멸망의 주범으로 역사책에 실려 있고, 근거도 없는 삼천궁녀 이야기로 역사에 씻을 수 없는 패주로 기록돼 있잖습니까."

"저희도 학창 시절 그렇게 배웠죠. 하지만 이제 백제의 역사도 새롭게 재정립할 필요가 있을 것 같아요. 백제의 문화가 일본으로 건너가 뿌리를 내리고, 꽃을 피우고, 열매를 맺는 과정을 소상히 조사할 필요도 있을 것 같습니다. 그들의 창의성과 예술성이 어떤 경로와 과정을 통해 한반도와 일본을 뛰어넘어 아시아의 찬란한 문화를 이뤄냈는지 말이죠."

"그렇습니다. 그런 노력이 우리가 앞으로 하나하나 만들어가야 하는 일입니다."

마 관장은 행사장을 지나가는 젊은이들과 어린이들을 바라보며 흐뭇한 미소를 지었다.

*

겨레는 책을 쓰기로 했다. 책을 써본 적은 없지만, 기사와 다른 형식으로 자신이 겪은 이야기를 기록하고 싶었다. 제목은 '백제문百濟門'으로 정했다. 장천에서 조 부장과 함께 진행했던 마 관장 인터뷰를 토대로 삼았다. 거기에 그의 가문 이야기를 더하기로 했다. 연말 기사에 다뤘던 내용과 기사에 담지 못했던 것을 각색해 소설로 쓰기로 했다. 소설 작법을 따로 배운 건 아니었기에 도입부부터 난관에 부딪혔다. 본업인 취재 활동과 기사 작성에 하루 대부분을 할애해야 하는 여건도 걸림돌이었다.

겨레는 사흘 동안 회사에 휴가를 냈다. 차를 몰고 장천으로 내려갔다. 공기 맑은 곳에 가서 작품의 전체적인 틀이라도 잡을 생각이었다. 간 김에 만수산과 천담사에 오르고, 마 관장이 운영하는 전시관도 둘러볼 참이었다. 겨울 오후의 고속도로는 한산했다. 창밖으로 앙상한 나무들이 겨울 산을 지키고 있었다. 눈 쌓인 나무에 햇살이 비추자 움츠렸던 나뭇가지들이 반짝였다. 졸음이 밀려들었다. 그때 조 부장으로부터 카톡이 왔다.

'지금 당장 라디오를 켜시오.'

겨레는 무슨 영문인지 몰랐지만, 잠도 깰 겸 라디오를 켰다. 오래전 들었던 음악 프로그램이 폐지되지 않고 진행 중이었다. 두 명의 진행자도 그대로였다. 남녀 진행자의 진행 솜씨에 오랜 경륜이 묻어났다. 마치 만담을 듣는 듯 입담마저 출중했다. 중간중간 신청자 사연을 소개하는 코너가 있었다. 때마침 한 40대 남성의 사연이 소개됐다. 사연은 낭랑한 여자 진행자의 다정한 목소리를 타고 흘렀다.

"안녕하세요? 저는 서울에 사는 40대 직장인입니다. 직장은 언론사이고, 직업은 기자입니다. 제가 기사 대신 라디오에 사연 글을 띄운 건 제가 무척 사랑하는 후배를 위해서입니다. 그 친구도 기자인데요. 신문사는 서로 다르지만, 기자에 대한 열정만큼은 저나 그 친구나 둘째가라면 서러울 정도입니다. 1년 전, 저희는 하나의 사건을 취재해 보도한 적이 있습니다. 아는 분들도 계실 텐데요. 우리 사회의 큰 반향을 일으켰고, 덕분에 기자협회에서 주는 상을 받는 영광도 얻었습니다. 기자 생활의 한 획을 그은 그때의 기억을 저는 평생 잊지 못할 것 같습니다. 제 파트너로서 기자 생활에 잊지 못할 기억을 남겨 준 후배 기자에게 고맙다는 인사를 하고 싶습니다. 그 기자는 지금 장천으로 가는 길일 겁니다. 저희가 쓴 기사를 토대로 소설을 쓴다고 하는데요. 작품 구상 잘하고 와서 베스트셀러 쓸 수 있도록 청취자 여러분께서 큰 힘을 주셨으면 합니다. 참, 그 친구는 30대 중반이고, 아직 미혼입니다. 관심 있는 분들은 주저하지 마시고 많은 연락 부탁드립니다. 인물 됨됨이는 제가 보장합니다. 〈지구일보〉 한겨레 기자님 파이팅하고, 한 기자가 '최애'하는 윤하 씨의 '사건의 지평선' 신청합니다."

운전대를 잡고 있던 겨레는 사연을 듣고 빵 터졌다. 하마터면 핸들을 놓칠 뻔했다. 조 부장의 깜짝 이벤트에 깔깔거리며 웃음이 튀어나왔다. 얼마나 웃었는지 눈물이 핑 돌 정도였다. 겨레는 곧바로 조 부장에 전화를 걸었다. 조 부장도 크게 웃으면서 전화를 받았다.

"선배님 아이디어는 아닐 테고, 형수님이 시켰죠?"

"무슨 소리야. 순전히 내 아이디어거든!"

"정말요? 이거 왠지 수상한데?"

"이 친구가 속고만 살았나. 내가 이래 봬도 순정파야. 아직 갬성도 살아있다구!"

겨레는 수화기 너머 조 부장이 발끈하는 모습을 상상하며 피식 웃었다.

"네네, 고맙습니다. 덕분에 꼭 베스트셀러 써야겠어요~"

"암, 그래야지. 이렇게까지 응원했는데, 100쇄는 찍어야지!"

"아이고, 선배. 아직 시작도 안 했어요. 김칫국부터 마시긴!"

"야야. 김칫국부터 시원하게 마신 다음에 시작해야 글도 잘 써지는 거야."

"네네~ 알겠습니다. 분부 받들어 잘 다녀오겠습니다."

"무리하지 말고, 바람 쐬러 다녀온다고 생각해. 운전 조심하고."

"알겠습니다. 다녀와서 연락드릴게요."

통화를 마친 뒤에야 조 부장이 신청한 노래가 귀에 들이 왔다.

'여긴, 서로의 끝이 아닌 새로운 길모퉁이 익숙함에 진심을 속이지 말자. 하나둘 추억이 떠오르면 많이 많이 그리워할 거야. 고마웠어요. 그래도 이제는 사건의 지평선 너머로 ~'

노래가 끝날 무렵, 겨레의 차는 어느덧 장천 IC에 다다랐다. 겨레는 톨게이트를 통과할 때 서서히 속도를 줄였다. 창문을 반쯤 열었다. 찬 공기가 상쾌함을 안고 차 안으로 들어왔다. 눈 내린 장천의 숲길을 향하면서 겨레는 윤하의 노래를 흥얼거렸다.

후일담

　마강진 장천 문화재 전시관장은 연화 무늬 매병과 오룡 청자 정병의 기원과 전설을 어떻게 알았을까? 아무리 마씨 가문이고, 집안 이야기라도 구전되는 동안 왜곡이 불가피했을 터. 그 배경은 대대로 내려온 '마 씨 가문연대기'라는 서적에 근거한다. 그건 '족보'나 '가보' 같은 존재였다. 마 관장의 아버지의 아버지의 아버지, 그리고 더 위의 아버지 세대부터 귀중하게 보관해 대물림했다.

　'마 씨 가문연대기'에는 마천왕부터 마강진까지 자손 이름과 가계도가 적혀 있었다. 마 관장은 어릴 적부터 그걸 보고 읽으며 자랐다. 아쉬웠던 건, 연화 무늬 매병과 오룡 청자가 탄생하던 순간의 기록은 확인하기 어렵다는 거였다. 다시 말해, 고려시대와 조선시대 곳곳의 기록이 불에 타거나 찢겨 있었다. 누군가 의도적으로 훼손했을 수도, 아니면 거란과 몽고를 비롯한 외세 침입부터 조선시대 호란과 왜란을 겪으며 봉변을 당했을 수도 있다. 그저 기존 문서를 토대로 미루어 짐작만 할 따름이었다.

마 관장은 가문연대기에 빠진 부분을 채워 넣고 싶었다. 그래서 대학에서 고고미술사학을 전공했고, 박사학위를 받아 교수가 됐다. 그리고선 문화재와 유물, 유적 조사와 연구에 매진했다. 하지만 풀리지 않는 수수께끼처럼 여전히 두 청자가 만들어진 구체적인 시기와 과정은 파악하지 못했다. 그 옛날 월과 성이 도자기와 청자를 만들려고 애썼지만, 실패를 거듭했던 것처럼. 그래도 포기는 하지 않았다. 선조들이 살았던 지난한 삶처럼, 그 역시 그 일이 자신의 운명이라고 여겼기에. 마 관장은 전시관을 운영하면서도 틈틈이 관련 논문을 썼다. 오랜 제자인 유민이 작업을 도왔다.

*

마 관장이 논문작업에 몰두하고 있을 즈음, 겨레는 준비했던 소설 초고를 마쳤다. 여러 번 퇴고를 거친 뒤 공모전에도 내보고, 출판사에도 보냈다. 2주일 넘도록 한 군데서도 연락이 오지 않았다. 겨레는 기대를 접었다. 기사 쓰는 건 자신이 있었지만, 처음 써 본 소설은 스스로 봐도 미덥지 못했기에. 겨레는 마음을 접었고, 한동안 투고 결과를 잊고 있었다.

한 달이 지났을 무렵, 한 출판사에서 출간을 제안하는 전화가 걸려 왔다. 겨레는 놀라움과 신기함에 몸을 부르르 떨었다. 무엇을 어떻게 해야 할지 몰랐다. 출판사와 계약 후 필요한 부분의 교정이 이루어졌고, 석 달 뒤에 그의 책이 전국 서점에 깔렸다.

겨레는 맨 앞 장에 사인한 책을 마 관장과 조 부장에게 선물했다. 책을 받아본 그들 역시 기뻐하며 출간을 축하했다. 조 부장은 '이제는 한 작가님이라고 불러야겠네'라고 문자메시지를 보냈다. 겨레는 이후 여러 방송에 출연하고, 도서 관련 유튜브에서도 섭외가 쇄도했다. 작은 도서관에서 조촐한 북콘서트도 열었다. 책은 불티나게 팔렸고, 주요 서점 베스트셀러 차트에도 올랐다.

겨레는 처음 펴낸 책이 그 정도로 호응을 얻을 줄은 상상조차 하지 못했다. 꿈만 같았다. 그는 받은 인세 일부를 장천 문화재 전시관에 기부했다. 큰돈은 아니지만, 자신이 책을 쓸 수 있었던 곳에 최소한의 마음을 담아 보냈다.

다음은 겨레가 쓴 책의 맨 앞장에 적힌 글이다.

'이 책은 마씨 일가가 수천 년에 걸쳐 이루고 싶었던 꿈같은 이야기를 담았습니다. 제가 이 책을 쓰면서 깨달은 사실은, 포기하지 않는다면 결코 실패는 없다는 것입니다. 간절히 원하면 꿈은 반드시 이루어집니다. 저는 당신의 꿈을 응원합니다.'

청자가 사라졌다

초판 1쇄 발행   2024년 03월 18일

지은이   류재민
펴낸이   김왕기
디자인   푸른영토 디자인실

펴낸곳   **푸른문학**
주소   경기도 고양시 일산동구 장항동 865, A동 908호.
전화   (대표)031-925-2327 팩스 | 031-925-2328
등록번호   제2005-24호.(2005년 4월 15일)
홈페이지   www.blueterritory.com
전자우편   book@blueterritory.com

ISBN 979-11-968684-2-0   03810
ⓒ류재민, 2024